私の従僕

II

My servant

トール

ill. La-na

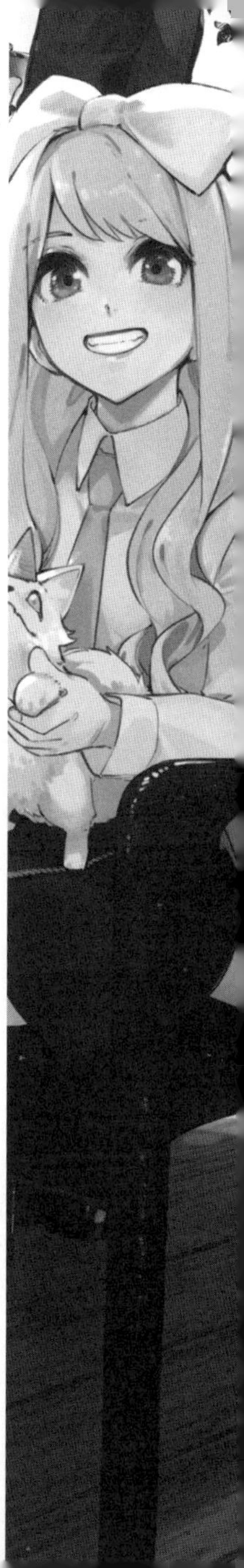

ジーク
シェリーに仕える元奴隷の青年。
何でもそつなくこなす皮肉屋。
身体が丈夫。
シェリー
公爵家の一人娘。
天使のような美貌を持つが
自由奔放なクソ餓鬼。
登場人物紹介

リアディス

シェリーに仕えるちょっぴり不真面目なメイド。
食に貪欲。

ベレッタ

シェリーの教育係を務める生真面目なメイド。
ピュア。

エヴァ

宿屋の看板娘。明るく表裏のない性格で
シェリーの初めての友達。

アレン

ひょんなことから公爵家お付きの冒険者に
なった青年。貧乏くじをよく引く。

II

My servant

第二章　お嬢様と御学友《るいとも》

てっきりお休みするものと思っていた学園。しかしお嬢様が「行く」と言うのならお連れするのが従僕の仕事。


お嬢様がお忍びで行った王都観光。

アレンと一緒についてきたトラブルを楽しまれたお嬢様。傷つく従僕。いつも通り。

しかし思いのほかダメージが大きかった従僕が倒れ、それを何故か看病していたらしいお嬢様。

おかげで眠りにつくお嬢様を馬車に詰め込んで、体に鞭を打って馬にも鞭を打つことになった。

やあ、お仲間だね。

目が覚めたお嬢様は、待機されていたメイド様方に着せ替えられてなんとか始業の鐘に間に合った次第だ。

もちろん、従僕は徹夜で近衛の任についた。

そんな一昨日だった。


お嬢様も根っこのところが真面目なため、可能な限りは学園に行こうとされる。そういえば……

雨の日以外は、あの庭の隅に毎日やってきていたなあ。

迷惑だったのを覚えている。

本当だ。変わらない想いってあるんだな、サドメ。

しかしそんなお嬢様だというのに……、

「今日は学園に行きたくない」


何故か朝からこんなことを言い出した。

いいんじゃない？

それが従僕の正直な感想。

お嬢様が学園に行こうが行くまいが、俺としてはどちらでも構わない。

いつか奴隷の身分に戻れることを夢見ているだけの従僕は、お嬢様のスケジュールを覚えてはいても変更する権利などないのだから。

しかしこれは夢見がちな従僕の意見であって……、

「いけません」

メイド様ともなれば違う。

俺が目覚めてから三日が経った。

この三日の内に、マリスティアン公爵家は色々と動いていたらしく、情報操作というものが行われた。

王都に魔物が密輸されていた事に関しては、事前に王家が察知してマリスティアン公爵家に内々に調査を依頼していた……ということになっている。これが本当なのか嘘なのかは知らない。ただ身内とも言える騎士団から裏切り者が出た背景を考えると、王家としては繋がりの厚い公爵家に内情調査を依頼したという発言に信憑性が出てくる。

信頼できる外からの視線というやつだ。

ただその工作員ともいうべき内偵が、アレンとなっているのだから驚いた。

いわゆる公爵家付き。

奴隷だったアレンが？　と思わないでもないがしかし、アレンは自分のことを英雄だと常日頃から言っていた。もしかしたら本当に英雄となる道筋が決まっていて、そのことを俺に伝えていただけなのかもしれない。

うん。きっとそう。


アレンは俺が寝ている間にも、どこどこの倉庫にどれだけの荷物がある、という内情を事細かに騎士団に知らせ、魔物の駆除すら共にし活躍したという。

己が使命のために手の甲につけられた奴隷紋を切り取り、街に溢れ出さんと暴れ出した魔物を斬り捨てて精力的に騎士団に協力する様は、まさに英雄であると噂されているとかなんとか。

淡く輝く剣を手にしたアレンの活躍を歌とする話もあるそうだ。

そうか。アレン、英雄だったのか。

知ってた。

まあ、そちらの話は大して問題じゃない。貴族様がそうと決めたのなら白も黒だ。


問題はお嬢様の周りの変化の方だ。


入学から日が経つも、お嬢様に向けられる視線の数は減らない。

そう。

すっかり忘れかけていたが、お嬢様は大層な美貌の持ち主だ。いやなに。大切なのは内面ですから。従僕はお嬢様の内側が本性だと知っていますから。

しかし猛毒の花でも外側が綺麗ならば思わず見入ってしまうのは人の性《さが》というものなのだろうか。

その視線の多さに辟易したお嬢様がこっそり王都に出掛けてしまうぐらいには、気になさっておいでだった。

それもエヴァという宿屋の娘のおかげで幾分は緩和されているように感じられたが……。

そこで今回の事件だ。

お嬢様は事件そのものは楽しまれていたようなのだが、その後の周りの反応までは範疇の外であったらしく。

ヒソヒソと噂されることまでは快く思っていない。

いつにも増して冷ややかな表情がそう言っている。

大変、凛々しい顔《かんばせ》です。

静かなことにも好感がもてます。

今のままがいいんじゃね？　従僕はそう思いました。

向けられる視線と噂話に萎縮しているのかはたまた不機嫌なのか、昨日のお嬢様は大層大人しかった。最高。


故に今朝の態度なのだろう。


お嬢様の自室、そのリビングルーム。

出入口に控える従僕とメイド。そしてお嬢様の朝食の世話をするメイド。

いつもの風景だ。

そこに朝食を終えて紅茶のカップを傾けながら「行かない」と宣言するお嬢様。

これに「いけない」と窘《たしな》めるメイド。

ベレッタさん。

これに反発すると思われたお嬢様が、しかし澄ました顔で残りの紅茶を飲み干して言う。

「そう。『行けない』のなら、行かないのもしょうがないわよね？」

「そういう意味ではありません」

なんて揚げ足取りだ。どこでああいう言い方を学んでくるのか。全く困ったものだ。

ベレッタさんの眉が少し吊り上がる。

「ダメです。つまりお嬢様には学園へご登校していただくということです」

「いや」

「嫌ではありません」

「いいえ、いや」

「ダメです」

「ダメを断るわ」

「では断ることを断ります」

淡々と交わされる会話に感情の色は見えない。

語気を荒げることのない、淑女同士の会話だ。

まるで今日の予定をメイドに確認しているだけのようにも見える。

紅茶の香りを楽しみながら話すお嬢様と、主人の側でお世話をするメイド。

共に笑顔だ。怖い。

扉の外から聞こえてくる他の寮生の僅かな喧騒。ふと窓を覗けば雲一つない青空を飛ぶ見たことのない鳥。

変わらない平日の朝だ。

「行きたくないの！」

お嬢様がダダをこねていることを除けば。

全くと聞き入れてくれないベレッタさんに、とうとうお嬢様が声を大きくする。時間の問題だった。

「ダ・メ・です」

ベレッタさんも頑なだ。

主人が嫌と言っているのだから、これにダメなんて言えない。それが従者だ。いや俺も最近お嬢様に言ったな。

従者にダメ出しされる主人、それがお嬢様だ。

お嬢様クオリティだ。

「ベレッタはわたしのメイドなんだから、わたしの言うことを聞くべきだわ！」

おっと。

どうやらお嬢様も似たようなことを考えていたのか、自分が主人であることを盾に主張し始めた。

これにベレッタさんのコメカミがピクリと動く。

従僕なら逃げ出す事態だ。

しかしお嬢様は気づかれない。

これは主人の危機だ。

昨今はお嬢様のために命を張った従僕なのだから、ここは当然――

黙っておくことにした。

従僕も命は惜しい。

ベレッタさんが深く息を吐いて言う。

「わかりました」

それは『諦めた』というような仕草に見えたかもしれない。

あのコメカミの動きを捉えていなければの話だが。

なのでお嬢様のお顔に喜色が浮かんだのも仕方のないことだろう。

「そう？　なら――」

「ええ、それでは――」

両者に合意がなされたような光景だが、その向かう先は反対だ。

ベレッタさんが決定的な一言を放つ。


「奥様に連絡を入れさせていただきます」


一瞬前までの笑顔はなんだったのか、と訊きたくなるほどの真顔だ。

それにお嬢様は、驚くかと思いきや早々に頬を膨らませて反応。『奥様』が条件反射の域にある。

従僕に対する『お嬢様』みたいですね。

つまり仕方ない。

こうしてお嬢様の初めてのサボりは失敗に終わった。

奴隷の仕事をしている時に、こういうことを言う奴はいくらでも見てきたのだが……。

あれだ。

なんつー下手なサボりようだろうか。


学園には馬車の停留所がある。

寮から学園までは大した距離ではないと思うのだが、それはそれ。奴隷の感性。貴族には貴族の理由がある。だから徒歩で通学している生徒というのは少ない。

お嬢様が言うには、

「朝は元気が出ないから」

だそうだ。

爺《じじい》かな？

食事より睡眠を優先する爺どもを食堂まで抱えた記憶が甦る。そういえばお嬢様も朝はうつらうつらとしながら食事をされることが多々ある。

なんだ爺か。

「従僕」

「はいお嬢様」

御者に指示を出す時の小窓からお嬢様が顔を覗かせた。その青い瞳がクリクリと動く。

本来なら主自ら顔を出す場所ではない。メイドはどうした？

座る位置関係から、小窓の傍には仕える者が控えている筈なのだが……。


登校中だ。

御者はお嬢様の命により、相変わらず従僕が務めている。

馬車の中にはお嬢様とベレッタさんがいる。

用があればそれを伝えるのは、メイドであるベレッタさんだろう。

きっとメイド様は手で頭を押さえて頭痛を堪えることに忙しくされているに違いない。

クリクリと物珍しげに動いていた瞳が俺を捉えて止まった。

「呼んだだけよ？」

「左様でございますか」

くそ餓鬼かな？

しばらくジッと見つめられていたが、ニコニコと笑う従僕に何を思ったのか開いた時と同じく唐突に小窓は閉まった。

…………は。

そして、直ぐに開いた。

吐き出しかけていた溜め息を不自然に止める。

喉が苦しい。

しかしそれを表に出すことなく再び笑顔で出迎えた従僕に、何故かお嬢様はコクコクと頷く。

再びこちらをジッと見つめてくるお嬢様。

首を傾げて訊いてくる。

「怒った？」

「お戯れを」

怒らない時なんてない。

「前を！　前を見て操縦しなさい！　せめて馬車を止めて対応なさい！　お嬢様も！　用があるのなら私が伝えますから！　用がないのなら座っていてください！」

ベレッタさんの叱責は天上の調べのようだ。

なにせ悪魔が出てくる窓を封じる効果があるのだから。ざまあみろ。

「申し訳ございません」

返事はなかったが謝罪を述べると同時に頭を下げ、言われるがまま前を向いて座り直した。

もちろん、馬車の操縦は大丈夫だ。

目を閉じてようとできる。

しかし馬車を操作しているからお嬢様の相手はできませんというポーズは重要である。

再び背後の小窓がガタガタと鳴る。

「じゅう……」

「お嬢様！　いい加減にしてください！　慎みが足りませんよ！」

小窓は開いていないのだ。

対応する必要はない。

従僕は何も聞いていていない。

それが良い従者というものだ。

馬車道をのんびりと走らせる。

馬車道は馬車が二台すれ違えるほど広い。

女子寮から学園までの距離は大したもんじゃない。

歩いていける。

そういう考えの生徒もいるからか、歩道の方をのんびりと歩いて登校する生徒もいる。

そう、歩道だ。


学園に至るまでの道には、歩道と馬車道と別々にある。そのため、歩行者用の門と馬車用の門も別々に作られていて、お嬢様がいつも利用するのは馬車用の門となっている。

朝も早くから馬車が連なるそこは『ターミナル』と呼ばれていて、馬車通学をする全生徒がここにくる。したがって朝の挨拶を交わす生徒の姿がそこここに見られる。

朝の挨拶という名の、学年を問わない社交の場だ。

今日はお嬢様も歩いて行きたいと言われた。

しかしこれもベレッタさんに却下された。

貴族には貴族の暗黙のルールというか、『机下のマナー』なるものがあるそうで、馬車通学をすることは貴族の嗜みであるとか。

お嬢様はこれに再びブー。

おかげで今日はやや反抗的だ。

いつもなら馬車の中では大人しいのに。よもやベレッタさんがいるところで従僕に絡んでくるとは。

勘弁してほしい。

それも学園につくまでの辛抱だと思えば……まあなんとか。学園の中なら他の貴族様の目がある。

お嬢様も必要以上に絡んでこないと思われる。

……放課後に反動がこないといいよな。


考えごとをしている内に馬車用の門を抜ける。

ターミナルだ。

そこには馬車を周遊させられる広大なスペースと馬車の群れ。馬車から降りて学園に続く門へと足を向ける生徒の群れ。

最初にこの光景を見た時は驚いた。

貴族様ってこんなにいるんだなあ、と。

ここにいる貴族様と平民の比率が、公爵邸に於いての奴隷と貴族様の比率だったので。

単純な人数だったら公爵家の奴隷より多い。

ここなら奴隷の方が珍しいに違いない。

見たことないしな。

皇族や王族用のスペースに馬車を向ける。他の駐車スペースは順番待ちができているところもあるが、こっちはガラガラだ。

六台は余裕を持って停められるスペースがあるというのに停まっているのは一台……。

ああ……マズい。

停められている馬車が掲げている旗は『麦が出てくる水瓶』。

商国のマークだ。

お嬢様とあのお姫様は大変相性が悪い。それは普段ならそんなに気にならないことなのだが、お嬢様の今日の機嫌は……思わしくない。

悪い、わけではない。

反抗的なのだ。

しかもどうしたことか、停められている馬車から一向に商国のお姫様が姿を現さない。

まるでこちらを待っているかのようだ。

いや待っている。

あのくそ嘘《ライヤー》つき。

昨日はほどほどに大人しかったのに。なんらかの情報《ネタ》を掴んだのか？

絶対にお嬢様に絡んでくる気だ。

……どうする？

油に火を投げ入れるような行為だ。お嬢様が火だ。危険だ。

機嫌が悪い時のお嬢様はともかく、反抗的な時のお嬢様が何をするのか、従僕にはよくわからない。

考えろ。

お嬢様というのは、早朝から何故か川を流れていくようなお方。ダメだ。もっとよくわからなくなった。

こういう時こそ上に判断を仰ぐべきだ。

上がお嬢様だ。

どうしようもない。

馬車を止めるわけにもいかず、進むままに駐車スペースに到着してしまった。

せめてもの抵抗に端の方に停めたのだが、相手はそれを予期するかのように駐車スペースの真ん中に馬車を停めていた。

どこに停めても目に留まる位置だ。

知り合いに声を掛けるのに不自然じゃない位置だ。

「……到着しました」

馬車の中に一言告げてから、タラップを準備する。いつもの流れ。

御者台を降りて扉の前にタラップを設置しながら横目で商国の馬車を見ると、こちらに合わせるようにタラップを設置し始めた。

ああ、やっぱり。

あとは「準備が整いました」と言うだけなのだが……黙っていようかなぁ。

心の準備はできていないわけだし。

「…………遅いですよ。何かありましたか？」

しばらく商国の馬車の扉が開くのを待っていたのだが、とうとう痺れを切らしたベレッタさんから催促があった。

……ここまでだな。

従僕は無力だ。

いや、このあとストレスを抱えるお嬢様への生け贄かな。ちくしょう。

「いえ、問題ありません。少々手間取り……遅れてしまいました。申し訳ありません」

どうせ教室で会うのだ。

絡まれる時間を少しでも少なくしたかったという従僕の献身だ。主に自分のためだ。

軽くノックを一回。

「準備が整いました」

従僕以外の。

「開けて」

お嬢様の声が聞こえてくる。

馬車の扉を開き、お嬢様が出てくると同時に頭を下げる。

お嬢様の後からベレッタさんが出てきて扉を閉める。

既に予定調和となっている馬車の受け取り役も、近くに控えている。この後、ベレッタさんが指揮をとって馬車を格納して馬を預け、ベレッタさんは学園の馬車に乗って女子寮まで戻る手筈になっている。リアディスさんの場合は歩いて帰っているらしいが。

「おや？　そこにいるのはマリスティアン様かな？　おはよう！　朝にかち合うのは初めてだね？　今朝の加減はいかがだろう？」

悪い。


声を掛けてきたのは予想通り、お嬢様の隣の席の貴族様。

商国の姫様だ。

律儀にもベレッタさんが見送りの挨拶を口にするのを待っていたお嬢様。その間を狙ってやってきた。

あちらでは二十人を超える従者が頭を下げて商国の姫様を見送っているが、そんなことは気にならないとばかりに足早にこちらへ近付いてくる。

背中の辺りで無造作に纏めた金髪を振りながら、ピンクの瞳を好奇心に輝かせて近付いてくる。

鬱陶しいこと間違いない。

お嬢様もあんな感じになることが偶《たま》によくあるから。

しかし平民の近衛が両者の接触を阻止できるわけがなく、面倒になりませんようにと祈りながらお嬢様の後ろについた。

長年の奴隷暮らし……というよりお嬢様憑きで、俺は重々に承知していた。

祈りなんて無駄だと。

「ごきげんよう、アルケー様」

お嬢様が左手でスカートの裾を摘まみ右手を心臓に添える、略式の挨拶で商国の姫様に応える。

そうか。商国の姫様はアルケー様というのか。

自己紹介の時に言っていたような……いなかったような。

「おっと失礼。ごきげんよう、マリスティアン様」

これに気さくに片手を上げていたアルケー様が、少し意外そうな表情でお嬢様に応えて両手でスカートの裾を摘まんで返礼する。

ええ、ごきげんよう。

それじゃあ、これで。

そんな流れを、従僕は求めている。

「それにしても……」

そう、続くのだ。

知ってたさ。

会話を投げ掛けてきたのは、眉を下げ、困ったように笑うアルケー様だ。従僕も困る。

「いやだな、アルケー様なんて。私と君の仲じゃないか？　気軽にリンゼルクライス……いや、リーゼと呼んでくれて構わないさ。ああ、もちろん。そちらの君も、ね？」

誰かな？　ベレッタさんかな？

主より後ろ、少し離れた位置に立つ俺はといえば、当然のことながら視線を斜め下に固定している。

対外的な表情《えがお》だが瞳には何も映していない。

だから誰を見つめての発言なのかわからない。

本当に勘弁してください。


「んー？」

あくまで『そちらの君』という誰かを特定しない方向にしていたのに、アルケー様は上半身を屈めて、わざわざ従僕の視線を捉えるように動く。

からかっているのだろう。上目遣いで反応を確かめるように笑われている。


「どうして？」


これにお嬢様が声を上げた。

本当に不思議そうに首を傾げるお嬢様に、従僕をイジメていたアルケー様も思わず目を向けた。

「いや、どうしてって……」

「わたし達、そんなに仲良くないわ？」

お嬢様は今日も真っ直ぐなご様子。更には反抗的で。

それは思っていても口にしてはいけない類のものだと、従僕は思いますよ。

事実アルケー様は笑顔のままではあったが、口元をヒクヒクさせていた。

ああ、堪えているなあと思うくらいには。

お嬢様はそれが全てだとばかりに後ろを振り返り、アルケー様の突然の挨拶を邪魔しないように脇に控えていたベレッタさんを見つける。

「……お嬢様？」

「いってきます、ベレッタ」

「い、いってらっしゃいませ、シェリーお嬢様」

いつもとは逆の手順の、いつもの挨拶だ。

本来ならベレッタさんから頭を下げてお嬢様を送り出すのだが、今日はお嬢様から促した。

ベレッタさんは意外とこういったアクシデントに弱いからだろう。

手を体の前で組んで頭を下げるベレッタさん。

これにお嬢様は頷いて歩き始める。

「な、仲が悪いわけでもないさ。だろ？　それに未来のことは誰にもわかりはしない。ああ、わかりはしないとも。これから仲が良くなるかもしれない。少なくとも私はそのつもりさ。呼び方はその本心の表れみたいなものさ。そう。うん」

アルケー様がお嬢様の歩調に合わせるようにして左側へと並ぶ。

「でもアルケー様だってマリスティアンって言ってたわ」

「『親しき仲にも礼儀あり』だよ。和国の言葉でね？　好きなんだ。それに胸襟を開く第一歩なら仕方ないだろ？　ある程度遠慮が残っているのは」

「遠慮？　よくわからないわ？」

「面白い冗談だね」

『あなた誰？』と訊けるお嬢様なので。


お二人が並んで歩く様は、その地位の高さと見た目の美しさが相まって人目を引いた。

この注目や噂されている話も、当初より倍に増えている。

昨今の王都での事件も関係していることだろう。

お嬢様が嫌がるのも無理はない。

見られるのはお嬢様の宿命のようなものなのだから。

そう。

お嬢様の、だ。

「……」

「……」

従僕ではない。

なのにひどく強い視線を感じる。

それも直ぐ近くからだ。

立場のせいか、お二人が進む先には自然と道ができる。
そのため近づく相手なんかはいない。
遠目から投げ掛けられる視線は、全て前を歩くお二人に集中している。
じゃあ誰なのか？
伯爵家以上の家格の貴族様には、護衛がつく。
前には貴族でも最高位のお二人。
……。

護衛も二人。

主人達が並んで歩くのだ。
当然ながら、護衛も並ぶ。
微妙に横目で見えないぐらいの位置を歩くアルケー様の護衛の方《かた》。
従僕の身分は平民。
まさか振り返ってマジマジと見るわけにはいかない。
しかし……。

「……」

間違いなく視線を感じる。

いや感じるなんてもんじゃない。視線で攻撃されている。左側の皮膚の感覚がなくなりそうな程だ。

「……」

それなのに何も言ってくることはなく、ただただ従僕が心の中で叫ぶだけに止まっている。

聞こえてくるのは、小声で興奮したように話される王都で起こった事件の噂話、お嬢様に対するやっかみ、讃美、愚痴。それから――主人達の会話、ぐらいだ。

「……ふうん？　それじゃあ、あの壁の大穴は――？」

「そう。アレンが空けたわ」

そうと決まった事実をお嬢様が答える。


この事実は知るのは、八人だけだ。

お嬢様を襲った四人。

そしてお嬢様にアレンにエヴァ、ついでに俺で四人。

他には誰にも話していない。

公爵様にさえ。

この案を言い出したのはお嬢様だ。

ロゼルダはともかく、残り三人の正体は知れなかった。ならば大して活躍していない従僕の実力を隠し、アレンを前面に押しだしてみようとお嬢様は仰《おっしゃ》った。

華々しく活躍したアレンを警戒するのならともかく、なんの実績もない従僕を警戒するのは、あの壁の事実を知る襲撃者の四人かその関係者になるだろうから、と。

見極めができるかもしれないとお考えだ。

そのため俺とアレンは公爵様にも嘘の報告をすることになった。

貴族の最高位である公爵様に。

いいんだ。もうどこまで落ちようと飛ぶ首は一つしかないのだから。

……ああ、二つだな？

英雄の最期っていうのは悲惨なものが多いしな。

仕方ない。

公爵家にはお嬢様が報告して、その使いの方に裏付けの事情聴取されている時も思ったけど、こうやって他国の姫君にも伝えているのを見ると実感が湧くなあ。


俺、死ぬんだなぁ……って。


せめて苦しまずに楽にしてほしい。

こんな強い視線に晒されるのではなく。

なんてことだ。平民になったばかりにこんな目に遭うなんて。

やはり心穏やかに日々を生きたいのなら奴隷が一番ということだろう。

アレンも奴隷から解放されてしまったが為にそんな目に遭うのだ。

まだ断るチャンスはあっただろうに。

ちなみに従僕が寝ている間に決まったことだから、従僕には拒否権なんてものはなかった。


お嬢様達の会話も、教室に着くと終わりを見せた。

これまでより人の距離が近く、ともすれば会話の中身を聞かれてしまうかもしれないという向こう側の配慮だろう。

アルケー様の目的は情報収集だったようで。

なんらかの情報を摑んだからお嬢様に接近したのでは？　という従僕の心配を余所に、質問を繰り返し聞き手に回っていたアルケー様。

お嬢様は素直に事実（創作）を話すばかり。

傍目には仲良く会話をしながら一緒に登校してきただけだ。

その内実は虚飾にまみれた腹の探り合いというものだが、従僕の予期した展開ではない。

これならお嬢様の機嫌もこれ以上悪くはなるまい。

どうやら杞憂であったようだ……と思っていた矢先。


「……そうか。知らないのか……」

ボソリと呟かれたその言葉。

席についた直後のことだ。

アルケー様がどさくさ紛れに放った言葉にお嬢様がピクリと反応。

階段状になっている前の席に届けるのは難しいが、隣の席にならギリギリ届く。

そんな声量だった。

ああ、ちくしょう。

珍しく会話の主導権をお嬢様が握っていたから、苦し紛れに放った一言である可能性も否めない。

気にしなくていい。

気にしなくともいいんですよ、お嬢様……！


「何が、かしら？」


素直か。知ってた。

前を向いて一限目の準備をするアルケー様。

それは普段となんら変わりのない風景だが、先の一言を放ったことで不自然極まりないものとして映る。

思わず零れ落ちたという態の独り言を拾ったお嬢様は、その目を隣に向けている。

ガッツリ掛かっている。大漁だ。

狩人は心の中で笑みを浮かべていることだろう。

「何が、知らないのか、なの？　何を知らないの？」

別にカチンときたというわけではなく、純粋な興味なんだろう……。

少し地が出ていますよ、お嬢様。

放っておけば「ねえなんで？　ねえねえ」とか言い出しそうだ。

ここはフォローするべきところなんだろうが……。

どうやらここまでの流れというのは向こうにとっての理想であるらしく、従僕は動けそうにない。


だって隣の護衛の方が威圧しているから。


……ああ、強い視線の原因はこれか。

従僕がしゃしゃり出てくることを牽制していたのだ。

よもや学園での武力行使はあるまい……なんて思いつつも、従僕の身分を考えたら問題にならなさそうで怖い。

この姫様のことだ。「声を発したら、いや不審な動きが少しでもあったら……構わないよ。『口を封じて《だまらせて》』くれる？」ぐらいのことを言っているかもしれない……。

お嬢様は大丈夫だ。

何も命の危険があるわけではない。今日の会話や今後の関係性に於いて抜きに出られる、かもしれないというだけ。

かも。あくまで、かも、だ。

従者の勝手な邪推は良くない。

本当は……いや本当に。ただ会話を楽しんでいるだけかもしれないし。

うん。問題ない。


ここからは向こうのペースというだけで。


お嬢様が食らいついているのに、向こうは泰然自若としている。針が食い込むのを待っているのだろう。「ああ、聞こえてしまったかい？　これは失礼」とか言っているから。

ここからが本番なんだろうなあ。

なんせ護衛の女性は自然な素振りで剣に手を掛けている。

知ってますか、お嬢様？

従僕は無力です。

「なんでもないんだよ。気にしないでくれ」

「そう」

パタパタと軽く手を振るアルケー様に、お嬢様がコクリと頷いて視線を前に戻した。

そして直ぐに立ち上がった。

当然ながら従僕が椅子を引き、護衛の方の指先がピクリと動く。

おい、これぐらい許せ。

「やっぱり気になるわ」

カモかよ。

「ううん？　何がだい？」

「知らないってなに？　わたし？　わたしが何を知らないのかしら？　わたしが知らないことを知っているってことかしら？　わたしが知らないことが残念だったという意味なのかしら？　わからないわ。気になるわ」

トコトコとアルケー様の席に近付きながら捲し立てるお嬢様。

どれだけ気になってんだよ。

アルケー様の隣まで近寄ると、何もないところで腰を降ろすお嬢様。

すかさず従僕が椅子を差し込む。

本当にお嬢様には困ったものだ。

ここは護衛の方の刃が届く位置なんですけど？

しかも椅子を持って素早く移動したものだから、怪しげな行動と取られたのか剣を握っているご様子。何故って？　金属音が聞こえてきたから。むしろ抜いた？　抜いてる？

微妙に視界からも外れてしまったのでハッキリとわからない。

おかしな行動をしたのはお嬢様なのに。

「わたしは、何を知らないの？」

常識だ。

目をパチクリと瞬かせるアルケー様。

釣ろう釣ろうとしていた獲物がまさかの飛び込みです。

「……ふふ。そうだなあ――……教えてあげてもいいよ？　君の期待に沿ったものかはわからないけどね。でも、その代わりというわけではないけれど……」

「けれど？」

お嬢様、上手いこと転がされてますよ。

大した情報じゃないって宣言してますよ。

クスクスと笑みが零れるアルケー様。お嬢様の瞳は『ねえ早く。ねえねえ』と言っている。

アルケー様は笑顔を抑えて続ける。

「――私と、仲良くして欲しいな。友達になって欲しい。なにせ、ほら？　私には友人が少なくてね……」

わざとらしく切ない表情を作るアルケー様。

「そうなの？」

「そうなんだ。だから君には私と『友誼』を結んで欲しいんだ。仮にも『秘密』を話すんだから」

微妙に話をすり替えられている気がする。

「どうだろう？」

アルケー様の問い掛けにフンフンと頷いていたお嬢様が、口を開く。


「ムリね」

お嬢様、交渉って知ってます？

お嬢様がアルケー様の友達になれない理由は、

「わたしたち、別に仲良くないもの」

というもの。

この答えに従僕に掛かっていた圧力に殺意が混じった。

遠回しな栄誉なんだろうか？

近衛が主人の盾になるのは栄誉だもんな。

優しい主人に涙が出そうだ。

これに対するアルケー様の態度は変わらず、しかし「それじゃあ、この話は無しだね」とバッサリだ。

こちらの欲しいものを向こうが握っているのだから、これは仕方がないと思う。

しかしこれにお嬢様は気を悪くした模様。

別段ムッとしているわけではないのだが……。

表情がない。

ただ一言、「そう」と答えて自分の席に帰った。

表面上はいつもと何も変わらない。

少なくとも教室にいる他の生徒様はそう思った筈だ。

でも……これはマズい。

非常にマズい。

また一つストレスが溜まってしまった。

この事態に比べれば殺意混じりの圧力なんて空気のようなものだ。

ご機嫌斜め？

そんなもんじゃない。直滑降だ。逃げたい。

幸いなのは授業が始まったことだろうか。

この時間はお嬢様といえど教室に拘束される。

今のうちになんらかの対策を考えなければ。

従僕が生き延びられる方向で。


――――なんて、甘かったなぁ。


黙々と進む授業。

生徒側の質問に、その都度教師が答えるので授業ペースはまちまちだ。

今回はたまたま質問をする生徒がいなかったため、教師の声とカリカリという羽根ペンの音だけが響いていた。


それは授業が終わる十分程前。

お嬢様が立ち上がった。

この事実に気付いているのは、最上段で授業を受ける生徒と近衛。あとは教師ぐらいだ。

沈黙と無言の圧力、とでも言えばいいんだろうか。

今までお嬢様は隣席している他の王族の方……というより他の生徒の方を特段意識したことがなかった。

しかし朝の会話が気まずげなもので終わり、普段ならどうということのない静けさがお嬢様には圧力に感じられたのかもしれない。

従僕にはわからない圧力《プレッシャー》だ。しかし従僕にわかるお嬢様の機嫌を考えれば予想はつく。

それはもう授業の終わりが待てない程に。

お嬢様が向かったのは、右ではなく左。

廊下側ではなく窓側。

アルケー様のいる方だ。

勘弁……！

この事態に各王族の近衛が主の背後へと距離を詰める。

お嬢様の癇癪が爆発して新たなる伝説が生まれるのではと従僕は顔を青くしていたのだが……接触はなく。

お嬢様は、そのまま各近衛の背後を通り過ぎた。

たどり着くのは、当然行き止まり。

窓の前だ。

そこでお嬢様は従僕を振り返り、無言のまま窓の鍵を指差した。

お嬢様の背丈では届かない位置だ。

どうやら窓を開けたいだけらしい。紛らわしい餓鬼め。

窓はガラスという透明な石を嵌め込んで作られていて、開けなくても外の様子が窺える。

雲のない高い青空には、黒い点にしか見えないほど遠くに鳥が飛んでいた。いい天気だ。

空気を入れ替えたいのだろう。

お嬢様の意図に応えるのも従僕の務め。こんなんで済むなら幾らでも構いませんとも。

言われるがままに窓を開けた。

澱んでいた空気を祓うように風が入りこんでくる。

その中でお嬢様は窓の桟に手を掛けてスーハースーハーと深呼吸を繰り返す。

どうやら落ち着く術を考えた結果のようだ。

しばらくそれを眺めていると……お嬢様は何を思ったのか手に力を入れて上半身を窓枠の中に引き上げ、

……………。

そのままコロンと前転するように窓の向こうへと消えていった。

いや、なにやってんの？

公爵家付きアレン

偉そうに。

「はっ！」

「それでは、これが公爵閣下の勅令だ。……本来ならお前のような身分の者が与えられる物ではないと知れ。理解したのなら家宝として保管し血脈が潰《つい》える時まで守るといい」

ランクで言うのなら中の上辺りになる宿屋の最も良い部屋の一つで、マリスティアン公爵家の文官だというおっさんにそう言われた。

ご丁寧に騎士なのか兵士なのか判断がつかない部下を二人率いてやってきている。

丸められた書状を受け取ると、文官様とやらはピクピクと眉を痙攣《けいれん》させた。

受け取り方がなっていなかったらしい。

村育ちにマナーを求められても困る。

「……それでは次の指示があるまで、この宿を拠点とするがいい」

「わかりました」

「……いくぞ」

威圧感を撒き散らしながら帰っていく文官とその兵を、扉が閉まるまでは直立不動で見送った。

扉が閉まると同時に息を吐き出しながらしゃがみこんだが。

「……はあぁぁぁぁぁ」

一週間も前までは、その命も尽きる寸前の奴隷だったというのに……何故こうなったのか。

全てを理解した上でもわからない。


俺は公爵家付きの冒険者ということになった。

シェリーお嬢様の命令で……あの壁の大穴を空けたのは俺ということになっている。

何故そんなことをしなければいけないのかは、聞いている。

正体不明の相手を罠に嵌めるためだ。

確かにあいつの力は化け物レベルだ。……本人が気付いているかは微妙なところだが。

それを知っている俺でも本当にあいつがあの壁の大穴を空けたのか疑ったのだ。それだけの異業。

あいつの力量を知っている相手が警戒をしないのはありえない。

普段のあいつの妙に腰の低いところを考えれば……なるほど。たかが平民と近づいてきた者は、
あいつの実力を理解していないのだと頷ける。

魔物の密輸組織ではないのだと区別できる。

そして、あいつのことを『どうせ平民だから』と侮らない者が、奴らの関係者であるかもしれないと篩《ふるい》にかけられる。

……しかし、それを踏まえても穴のある提案に思える。


いるのだ、自信家というのは、どこにでも。

わかっていて、それでも自分なら大丈夫だと根拠のない自信に身を投じる者が。

相手の力量が高ければ高いほど、自分の力を誇示したいと思う者が。

……経験として、それを知っている。

相手の中に、そんな奴がいたとしたら？

……無駄とは言わないが、そんなに上手くいくとも思えない。

そんなことをしなくとも、あいつの力量を大々的に示し、前面に押し出した方が牽制になるのではないだろうか……。

手の中の書状に目を落とす。

公爵家のお墨付きだ。

「……」

いや違うな。

それは本心ではない。

本音を言えば、あっさりと手に入った成り上がるための手段に戸惑いを覚えているのだ。

他人の手柄を奪うことに罪悪感があるんだ。

「……バカかよ、俺ってほんと……」

夢に描いた英雄が、まさにあれだった。

圧倒的な力で巨悪を砕き、命を賭して大切な人を守る。

得る物のない戦いに、信念で身を投じる。

勇気を持って、立ち上がる。

……その何一つ、俺は成し得ていない。

手に入る物に、得られる結果に、その後の自分にばかり目がいって……いつしか理想を深く考えることがなくなってしまった。

自分が目指した先を見失っていた。

欲しかったのは過程の方だと、未来が拓けてから気づいた。

とんだマヌケだった。


書状を机に置いて、体をベッドに投げ出す。

じゃあ断れば良かったのだが……それを惜しいと思う自分も確かに存在していて……全く嫌になる。


自分の『普通』に。

この提案をシェリーお嬢様がしたということも、もちろん理由の一つではある。

相手は貴族だ。逆らえない。

それを抜きにしても恩人だ。

自分を守った近衛が目覚めるまでここにいると言ったシェリーお嬢様。

身分だけでなく、人としても貴き人だ。

事件のあらましを聞いて、直ぐにあいつの実力を隠す策を思いつく程に頭も切れる。

……というか、あいつが横たわるベッドの前でそう提案するシェリーお嬢様の方が近衛に見えた。

凛とした佇まい。超然とした意志を感じさせる瞳。まるであいつを守るために――

「アレンさん！」


突然、荒々しく開けられた扉に体がビクリと震える。

そういえば鍵をしていなかった。

入ってきたのは、この宿の……自称、看板娘。

トレードマークのポニーテールを跳ねさせているエヴァだ。

「……この宿の従業員は部屋に入ってくるのにノックもしないのか？」

「はいはいはいはいはい！　これでいい?!」

開かれた扉をゴンゴンゴンゴンと殴り付けるエヴァ。

おい看板娘。

「どうしよう?!　どどどどどどどうしよう?!」

何がだ？

むしろこの状況をどうしたらいいんだ？

「とりあえず落ち着け。深呼吸しろ。……部屋に入ってくるな。ベッドに乗るな！」

おい！

お前は、もっと慎みを持てないのか?!

膝立ちでベッドの反対側から素早くにじり寄ってくるエヴァの顔を、これ以上近づかれないように掴む。

「きゃあー！　なにすんのよ?!」

俺の台詞だ。

「……それで、どうした？　エールならもう買わんぞ」

お祝いだと差し出されたエールに、しっかりと料金を取られたことを覚えている。

シェリーお嬢様の前では大人しかった……やや大人しかったが、こっちが地らしい。

とんだ看板娘だ。

「そんなこと言わないで買ってよ！　うちのは混ぜ物無しなんだから！」

「そのぶん高いだろ！」

「それはあたしからのお酌が理由です」

「あれって定価じゃなかったのか?!」

酌って、注いで持ってきてるだけじゃねえか！

「もう！　そんなことどうでもいいでしょ?!　それよりこれ！　こここここれ！」

「待て。全然良くない」

これからここを拠点にしろって言われてるんだが？

ずっと割増なのか？

「これ!!」

「ああ！　わかったよ！　……なんだ？」

突き出される手に握られていたのは……というか両手で摘まれていたのは、ただの封筒だった。

「ふざてるのか？」

「大真面目だよ！」

「……汚いのか？」

臭うとか？

「オソれ多いんだよ！」

畏れ多い？

「シェリちゃん、シェシェシェシェシェリちゃん！　からの！　手紙なの!!」

……シェリーお嬢様からの？

つまり。

……ああ。

「公爵令嬢からの手紙ってことだな」

「どうしよう?!　どどどどうしよう?!　ねえ、どうしよう?!」

……いや、どうしようって。

「開けるしかないだろ？」

「あ、あけ？　開ける？」

初めて聞いたとばかりに驚愕の表情を浮かべるエヴァに頷きを返す。

……そもそもあんなに仲良くしていたじゃないか。あいつが倒れて酷く動揺しているお嬢様の傍についてやっていたし。なんで今更手紙に驚くんだか。

「あ、開けて！　アレンさんが開けて！」

毒でも入ってそうな反応をする。文官が帰ってて良かったな。勘違いされるぞ。

突き出される封筒を、なんの気なしに受け取った。

封筒の端の方を破り、

「きゃあああああ?!」

エヴァに左頬を平手打ちされる。


「……おい」

「なんでそのまま破るの！　公爵家の家紋が入った封筒なんだよ?!」

叩かれたことを理不尽に感じたが、エヴァの勢いに怒りも早々に萎《しぼ》んだ。

……なんかマズいことをしたのか？

「ナ、ナイフ！　使う！　わかる?!」

「お、おう」

片言になってるぞ？


勢いに押されるまま、腰に差してあった小型のナイフを掴むと――――さっき破った方とは反対側の封筒の端を切り落とした。

「ぎゃあああああ?!」

そのせいなのか、今度は反対側の頬を殴られる。

……拳は酷くないか？

「ふ、封蠟の部分を外すの！　なんで封筒を切ったの？　ねえ？　バカなの？　アレンさんはあたしに死んでほしいの?!」

若干。

これも俺が悪かったのだろうと怒りを飲み込んで、封筒から手紙を取り出してエヴァに渡した。

これ以上は頬が持たない。

「おい。流石に自室で一人で読めよ？」

「わ、わかってるよ！　でも……え？　一人で読むの？」

切り落とした封筒の端の部分も含めて大切そうに抱えたエヴァは、意外なことを言われたとばかりに振り返った。

当たり前だろ。

「え、えぇー……。いや、でも、えぇー……。ア、アレンさんのことも書かれてるかもしれないし……」

「たとえそうでも、手紙はお前宛てだ。お前だけで見ろ」

渋るエヴァの背中を押して、部屋から追い出す。

「あ、あとで！　言っていい内容だったら報告するから！」

「いらん」

「するからね！」

看板娘を追い出して扉を閉めると、俺は再び深く息を吐き出した。

用はあれだ。

……道連れを作りたいんじゃないかな。

◇◇◇

ギリギリだった。

各階を熱が籠らないようになのか高く設計されたことと、お嬢様の教室が三階にあった運命に感謝している。きっと神はまだ俺に生きろと言ってくれているのだろう。死ね。

「じゃあ、人目のないところに行きましょう」

死ね。

間違った。

死んでください。

「お嬢様……」

腕の中に抱え込んだお嬢様《くそがき》が明後日の方向を指差して問題のありそうなことを言う。

いや問題しかない。

行動も発言も。

ふざけんなよ。

趣味か？　趣味なのか？

思えばお嬢様は幼少の頃よりコロコロとよく落下されていた。

その度に傷つくのは従僕だった。

これは落下が危険だと理解していない可能性がある。

一度叱られるなりなんなりして痛い目を見た方がいいのかもしれない。というか見ろ。

つき出そう。ベレッタさんか講師の方に。

そう。これはお嬢様のためを思ってだ。

奴隷であった時分と違い、今や専属の従者なのだから。

本音？　その方がスッキリする。

「早く、ねえ早くー」

グイグイと反対の手で従僕の腕を引っ張ってくる主人に、一言申し上げるために喉を鳴らす。

「ん、んん！　お嬢様……」

「早くしないと。これ、従僕が壊したってバレちゃうわ」


なに？

お嬢様が指差す先が空から地面へと移っていた。

直ぐ足下だ。

お嬢様を抱えていたので気付けなかったが、そこには放射状に広がる罅《ひび》が。

整備されているであろう石畳に。

「……」

先んじて落ちたお嬢様に追い付くために壁を駆けたことで落下速度が上がったことが原因だと思われる。

そしてキャッチして速度を落とす前に着地。

体重が増加したことによって中々の威力になった。

おかげでピカピカの石畳が石ころに変わってしまっている。

直ぐさま建物の陰に入り人に見られる危険を減らす。

主の命令だ。仕方がない。

幸いにしてまだ授業中。音による異変を察知して誰かが直ぐに来ることもなかった。お嬢様のクラスメイトと教師は、突然のことに対応が遅れている。窓から覗きこんでくる者もいなかった。

近くに人の気配はない。

つまり目撃者はいない。

バレない。

奴隷で良かったよな。

奴隷はこういうことに慣れているから。

「見つからないように人のいないところに行くのよ?」

「畏まりました」

くっ、なんてことだ。

これが悪いことだとわかっているのに、やはり主人の命令には逆らえない。

従僕の悲しい習性だ。

上手なサボり方だ。

しかもこの学園に、俺の馴染みが深い場所なんて一つしかない。

お嬢様が指差していた先だ。

「厩舎ね」

「厩舎です」

馬の臭いが落ち着きますよね。


この学園には厩舎が二つある。

元々の持ち主、つまり貴族様から馬と馬車を預かっておく厩舎が一つ。

こちらは貴族様が目にすることもあるため綺麗だ。もしかしたらベレッタさんも行ったことがあるかもしれない。

そしてもう一つが学園が提供する馬や馬車を管理している厩舎だ。

こちらは非常に数が多く雑然としている上に、処理が追い付いていないのか少し臭う。

それでも手入れはしっかりとやってある。なにせ馬や馬車は高級品なのだから。

やってきたのは当然後者だ。

何故か。

護衛を受け持った騎士も、四六時中主人と共にあるわけではない。護衛の必要がない場面や、主人自らがついてくるなと言う所もあるのだ。

そういう時のために近衛の方が暇を潰すサロンや修練場など、いかにも腕の立つ護衛同士の社交場がある。

しかしそういうところってハードルが高い。俺は奴隷生まれの奴隷育ちだから。

なので従僕が暇潰しをするのは自然とこういう場所になる。

思わず足が慣れた場所に向かってしまったのは責められまい。

別に逃げるためとかじゃない。

こっちに貴族様はあまり来られないからだ。

お嬢様の願いである人目につかないが叶う場所だからだ。

逃げているわけじゃない。


……ところでいつまでお姫様抱きをしていればいいのか。

「従僕、あれ」

そろっと下ろしてみようと思った瞬間、お嬢様が指を差した。

え、うそ、誰かいる？

この時間は意外と人気《ひとけ》がない筈なのだが……。

お嬢様が指差した先には、荷物が積まれて出発直前という雰囲気の馬車があった。

既に馬も繋がれている。

ただ少しばかり荷物が多いんじゃないだろうか？

いや、沈みこんでる上に傾いてるよ。多いよ。素人か。

そしてそんな馬車の後部に、壊れてしまった車輪を交換したいのだろうか……荷台を持ち上げようとしている生徒が一人。

紫の髪を二括《ツインテール》りにした女子生徒だ。ここからは後頭部しか見えないが、お嬢様より少し背が高く学園指定の制服を着ている。黒のスカートに本来なら羽織っていたであろうローブを腰に巻きシャツの長袖を捲り上げてまで頑張っている。

「っくくく、くっ！」

笑っているわけじゃなく力んでいるのだろう。耳の先が赤くなっている。

「――ってぇ、上がるわけないじゃない！　どれだけ詰め込んだと思ってるのよ！」

ベシッと荷台を叩いて憤りを露《あらわ》にするツインテール。

なら減らせよ。

なるほど。

お嬢様の命令に忠実な従僕は静かに踵《きびす》を返した。

「従僕」

「はいお嬢様」

直ぐに人目のないところに行きますので、黙ってろ。

「どこに行くの？」

「失礼しました。直ぐに人のいない……」

「助けなきゃ」

ほらもう！　言うと思ったわ！

これはあれだ。アレン病だ。

マジで勘弁だ。

面白そう！　で色々なことに首を突っ込むお嬢様が、人助けまで始めてしまったら従僕の命がいくつあっても足りない。一つしかないのだ。

見てわからないのかな？　あれは面倒事だ。

いいや厄介事だ。

貴族様が来ない厩舎で、この学園の生徒が、荷物満載の馬車を、助けも呼ばずに独力で持ち上げようとしている。

バカか面倒かのどちらかだ。

どっちもダメだ。

「止まって」

ダメですって……。

会話しながらも足早にその場を過ぎ去ろうとしていた従僕を、お嬢様が止めた。

ぐっ、流石にこの距離で聞こえませんでしたとは言えない。

「下ろして」

ああ、そうだったな。

うっかりしてた。

うちのお嬢様はバカで面倒なんだった。


つい先程までは放り出してやろうかなんて思っていたのに、腕の中をすり抜けていくお嬢様を見ていると――――虚無感が到来する。

やめてくれ、行かないでくれ。

そんな従僕の想いも虚しく、お嬢様は元来た道を足早に戻っていく。

こちらには興味がないとばかりに小走りだ。

その姿に拳を握り、悲しみをこらえる。

お嬢様は振り返らない。


サドメに言わせたら、こう思わせた時点で勝ちらしい。

自慢気に話している時は何とも思わなかったが、あれだ。

くそ野郎だな。

次に会う時は振った女性の数だけ栄誉を譲ってやろうと思う。

そんな現実逃避気味に思考を横滑りさせながら、お嬢様の後を追う。

貴族様が人助けなんてしなくていいのに。

困っている人がいたら嘲笑って泥を撥ねるぐらいでいいのに。

せめてお嬢様が駆けつける前に、馬番の誰かが通り掛かって手を貸していれば、また話も違ってきただろうに……。

「ふん！　ぐぐぐぐ、ぐぅ！」


いるし。

上がらないと文句を垂れていたのに、未だに一人で頑張っていた紫髪の女子生徒。

軽く汗を掻いている。

お嬢様が足を緩め、その女子生徒の後ろからそろそろと近づいていく。

近すぎる程に近い位置で足を止め、その女子生徒の肩越しに手元を覗いて尋ねた。

「なにしてるの？」

「見て！　わかん！　ないの?!」

荷台を持ち上げようとしているように見えます。

しかしもしかしたら見た目通りの行動じゃないのかもしれない。

ここは魔術学園。

イカレ……魔術師の学舎《まなびや》。

お嬢様もそう思われたのか、首を傾げて考えている。

「……はっ。わかった。荷台を……持ち上げようと、してる？」

「正！　か……あんた誰？」

お前の同類だ。

どうしよう。一人でも手に負えないのに二人に増えたぞ。

手に込めてた力を抜いて、女子生徒が振り返る。

少しも持ち上がっていなかったのか馬車に変わりはない。

髪と同じ色の紫の瞳はツリ目気味で、顔の印象からは勝ち気そうに見える少女だ。

肩越しに首だけで振り返ったせいでお嬢様と至近距離で見つめあっている。従僕はお邪魔なようですね。帰っても？

「初めまして。わたしはシェリー」

「はあ。それはご丁寧にどうも。わたしはペトラルカ・スウェッツェンドよ」

「スヘッちぇ？」

「ペトラでいいわよ。でもペティはやめて」

「ペトラ」

「そう」

すげー淡々と話している両者の距離は鼻先だ。

変人だな。

どちらとは言わないが。どちらも。

しかしお嬢様の美貌に動揺しないというのは珍しい。実は凄腕の奴隷なのかもしれない。

この学園の存在がなければそう思っただろう。

制服を着ているので違う。

「……わたしもシェリーでいいわ」

いや良くないだろ。

「オッケー。じゃあシェリー？」

「なあに？」

「近い」

「わたしもそう思ったわ」

バカなんじゃねえの？

そこから互いに離れて、ペトラルカと名乗った女子生徒の方はお嬢様に向き直った。

「ふう。びっくりしたー。それで？　シェリーはわたしに何か用なの？」

「シェリちゃんでもいいわ」

「なんでよ。それで？　シェリーはわたしに何か……って後ろの奴は誰？　制服着てないんですけど？　校則ぶっちぎってんですけど？」

生徒じゃないので。

今更ながら俺に気付いたペトラルカとやらがジロジロと上から下へと眺めてくる。

今の今まで視界いっぱいに悪魔が映っていたのだ。無理もない。

「従僕なの」

近衛だよ。

「従僕？　あんた学園に従僕連れてきたの？　……頭いいわね。わたしも一人連れてくれば良かったわ」

荷物に肘をついて溜め息をつくペトラルカ。

「従僕が、必要?」

「そうなの。必要なの。わたしの家にも筋肉ムキムキの従僕……セトっていうんだけど? セトがいてね。重い荷物だろうと片腕で持ってくれるのよ。あー、でもセトって奴隷だから。どっちにしても連れてこれないわね」

「従僕も元奴隷よ?」

「うん? ってことは、解放したの? よく逃げなかったわね。身分でいえば対等なんだから従う必要がないでしょう?」

「従僕は、わたしのことが心配なの。心配性なのよ」

こんなにバカにされたことはない。今年一番の怒りだ。分厚い壁を二枚持ってこい。ぶち抜いてやる。

ペトラルカがこっちを見ていたので、鍛え抜いた無表情を駆使して感情を面に出さなかった自分を誉めてやりたい。栄誉はいらない。

「……なんか、怒ってない?」

なんだと?! 俺のどこが怒ってるんだ! 言ってみろ!

「そうなの? 従僕」

「滅相もありません、お嬢様」

クルリと振り向く主人に微笑んで返す。

「怒ってないって」

「怒ってないのね」

コクコクと頷き合う餓鬼ども。

もうどうでもいいから早く話を進めてくれ。

そんな従僕の願いを叶えるように、終業の鐘が鳴った。

「えー?!　もうそんな時間なの？」

これに逸早《いちはや》く反応したのがペトラルカだ。

体をよっかからせていた荷台の端を掴み、再び持ち上げようと試みる。

そしてその背後から肩越しに手元を見つめる位置に戻るお嬢様。

「なにしてるの？」

いや、お嬢様。

お嬢様に任せていたら無限に続きそうだ。どうせ見捨てて帰るという選択肢がないのなら、早く終わらせるに限る。

「お嬢様」

「なーに、従僕？」

「ここは私にお任せを」

お嬢様を下がらせて、結論は出ているのに未だに頑張るツインテールの隣に並ぶ。

まずは確認からだ。

「ペトラルカ様」

「ぐぐぐ、なに？　今忙しいんだけど？」

「それは荷台を持ち上げようとしているのですね？」

「そうよ！」

「車輪を交換するためにでしょうか？」

「そうよ！」

「荷台が上がったとして」

「うん！」

「ペトラルカ様が荷台を支えている間、誰が車輪を換えるので？」

「わたし！　……うん？」

よし、バカですね。

「そうだった！　一人じゃ無理だわ！」

そんなことを言いつつも手を離さないペトラルカ。

じゃあもう一つの方も確認だ。

「馬番を呼んでくればいいのでは？　車輪の交換も、あちらが専門なのですから早く終わると思うのですが……」

「嫌よ！　修理代請求されちゃうじゃない！」

「……それは車輪が壊れているので、どのみち……」

「壊れた車輪を知らん顔で積むのよ。そのまま知らんぷりしてれば大丈夫だわ。わたしがやったっていう証拠はないいんだから。完璧よね？」

いやお前。

「ふんふん」

はっ?!

チラリと振り返ると、何かを学習するように頷いているお嬢様。

なんて恐ろしいんだ学園。

お嬢様に悪知恵がついていく。

振り向いた従僕に気づいたお嬢様が、まるで何かを許可するように頷く。

いやなんの頷きだよ。わかるかよ。

戸惑いを瞳に宿す従僕に、お嬢様の表情が澄んでいく。

「従僕」

「はいお嬢様」

「持ち上げて」

「畏まりました」

いやわかっていたけども。

言葉にされたのなら拒否はできない。ちくしょう。

まるで視線で確認を取り合う主従のように見えたかもしれない。

実際は嫌がる従僕に『じゃあ命令する』と強要するお嬢様が正解だ。

……仕方ない。

荷台の底を片手で掴んで押し上げる。

「あああああ?!　ふわああああ?!」

ゴッという空気が吹き込む音ともに荷台が持ち上がる。

……そこで何故ぶら下がるのか。

従僕が持ち上げた荷台の端を、離すものかと掴んでいるペトラルカ。

高く上げ過ぎたせいか荷台にぶら下がっているようにしか見えない。

酷く混乱した目付きで従僕を見てくる。

「な、なによ?　強盗?!」

なんでそうなる。

ぶら下がるペトラルカの服を、お嬢様がクイッと軽く引っ張る。

「ペトラ。車輪を換えなきゃ」

「そ、そうね。うん。ありがとう。うん。…………あれ?　もしかして手伝ってくれてるの?」

他にどう見えるんだろうか。

ああ、強盗か。なんでだよ。

お嬢様が率先して換えの車輪を持ち上げようとして……断念している。

重いのだろう。

「ペトラ、これ、重いのだけど?」

「そうなのよ。持ち上がんないのよねー」

おい。

それにようやくぶら下がるのを止めたペトラルカが近づいていく。

「でもこうして……そっち持ってくれる？」

「こうかしら？」

「そうそう」

二人で協力して車輪を立てていく。

その間、従僕は放置だ。荷台は持ち上げたままだ。このくそ餓鬼どもめ。

「こうすれば、転がせるのよ！」

そりゃ車輪だからね。

「ふんふん」

お嬢様も頷きながら車輪を共に転がし、壊れた車輪の傍まで押していく。

物珍しげにしているお嬢様がペトラルカに話しかける。

「ペトラは車輪の交換をしたことがあるのね」

「ない」

「そう」

「うん」

待て。

「でも見たことがあるから、いけると思うのね？」

「見たことがあるんなら、だいじょーぶね」

コクコクと頷き合うバカ二匹に、体が精神的な疲労を訴える。

本当だなジュレール。体力が残っていても疲労を覚えることってあるんだな。悪かったよ。年寄りの言い訳だなんて思って。

「これを外せば良かった気がする」

「ふんふん」

仲良く並びながら、壊れた車輪を交換する作業を始めるペトラルカとお嬢様。

ベレッタさんには見せられない光景だ。

だって本来なら従者や奴隷の仕事だ。

しかし動くこと敵わない従僕は、カンコンという音を鳴らしながら進む作業を見守るしかできない。

せめてバレませんようにと願っておいた。

役に立たない神様に。


二限目の始業の鐘が鳴る頃に、車輪の交換が終わった。

「できたー！」

「できたわ」

嬉々として笑みを浮かべるお嬢様達だが、授業はもう始まっている。

ナチュラルにサボる気だ。

　これは大丈夫なのだろうか？

　従僕の首が、的な意味で。

「うんうん！　ありがとう！　これで商品を運べるわね！」

「そう。良かったわ」

　お嬢様の手を取って喜ぶペトラルカ。先程の発言や行動からも読み取れるが……こいつ、お嬢様が貴族だと気付いていないようだ。

　正確には公爵家のご令嬢だと思っていない。

　めちゃくちゃ気さくに接している。

　お嬢様もそれを喜んでいるのか訂正をしない。

　いいんだろうか？

　危ないよ？

　首的な意味で。

　告げるべきか否かと悩む従僕に、ペトラルカが振り向く。

「あんたもありがとね。ごめんね？　重かったでしょ？　もう下ろして大丈夫よ」

「従僕、下ろしていいわ」

「はいお嬢様」

　ゆっくりと丁寧に荷台を下ろした。

　ここで従僕がヘマして台無しにするわけにはいかない。それぐらいは心得ている。

ズシンとその重さを表すように車輪が地面を踏みしめ――――ゴシャッという音と共に再び荷台が傾いた。


車輪の輻《や》が折れたらしい。

これにはお嬢様たちも真顔だ。

いやお嬢様はよくわかっていないお顔だ。

……重さに偏りがあったのだ。潰れてしまった車輪の側が酷く重かった。もしかして元々の車輪も疲労で折れたのではなく積載量が過剰だったから折れたのかもしれない。だからこれは仕方のない事態だ。当然の帰結。不可避の事象だった。


「従僕が、壊しちゃった」

「お嬢様」

ちょっと待て。


傍目にはそう見えたかもしれないが、俺はゆっくり下ろした。

それはそれは丁寧だ。お嬢様から手を離す時より気を遣ったぐらいだ。

しかし何故かじんわりと汗が浮き出てくる。

お嬢様が黒だと言えば虹も黒なのだ。お嬢様が黒なのだ。

「ど、どうしよう?!　もう換えの車輪なんてないわ?!　ねえどうしよう?　どうしたらいい?!　わたしどうしたらいい?!」

素直に修理代を払えばいいよ。従僕も負担するので。

だからお嬢様をガクガク揺するのはやめてくれ。頼る相手を間違えているから。ちょっと気の置けないやりとりが嬉しそうだから。

これ以上の刺激は良くないから。

そんな不安を形にするように、お嬢様が自信満々といった笑みを浮かべた。

良くないから。


「任せて」

嫌です。

「わたしに、考えがあるわ」

そんなものがあるんなら従僕は今頃幸せですが?


しかしお嬢様のその言葉がどう響いたのか、眉はまだ困ったように下がっているものの瞳に期待の色が浮かんでいるペトラルカ。

やめといた方がいい。誰も幸せにならない。

少なくとも従僕はなったことがないよ?

たとえ話で『溺れる者は魔蜘蛛の糸でも摑む』というものがある。

まさか現実にお目にかかることになろうとは。

最終的に食べられるのに？　と習った当初は笑顔を見せたものだ。

懐かしい。

目撃すると全く笑えないんだけど。

連座で従僕も食べられるんですけど。

「でもでも、わたし、今月のお小遣い……もうない」

俺が払おう。もう従僕のせいでいい。

お嬢様の案に乗るよりはいい。

しかしこの場で一番身分が低い従僕に発言権は無く、車輪が壊れてしまった今、立場的にも無い。

だから。

「だいじょーぶ。お金、使わないもの」

お嬢様の独壇場だ。

……お金使わないってなんだろう。絶対に真っ当な方法ではないことだけは確かだ。


意外とまともな方法に、やや驚いている。お嬢様も成長するんだな。

従僕も納得の提案をするなんて。

「…………ねえ？　これ大丈夫？　これ本当に大丈夫なの？」

「大丈夫よ」

「いや、なんで大丈夫なの？　そこがまず聞きたいんだけど」

お嬢様が提案したのは、片輪での移動だ。

当然だが、そのまま移動したのなら荷台を引きずって行くことになる。

近い未来に荷台が壊れ荷物がバラ撒かれることは目に見えている。

そこで登場するのが従僕だ。


「……わたし、うちの奴隷にもこんな仕打ちしたことないんだけど？　罪悪感が凄いんだけど？」

「そんなことないわ」

「あるわよ！　車輪の代わりに荷台を持って走らせるって何よ?!」

「……じゅーぼく？」

「ちょっとなに言ってるかわからない」


ご説明に預かった通り、車輪の代わりに俺が荷台を支えて走っている。

荷物は大した重さじゃないし、馬も並足のため速度も出ていない。

正直、お嬢様の相手をしてくれるだけ、いつもより楽だ。

お嬢様の相手より楽だ。

「……じゅ」

「ちょっと?!　落っこちちゃうわよ！　なんで乗り出そうとしてるの?!　ねえなんで?!」


御者台にはペトラルカと並んでお嬢様が座っている。

道々に話した感じ、ペトラルカは商人の娘であるらしく、学園でも店を開ければと考えているそうだ。

「ほら、最近王都の方で大きな商会が潰れたじゃない？　なんでも魔物を密輸してたらしいのよね」

「怖いわね」

俺はあなたが怖いです。

「わたし、アルケー商国の出だから王国の貴族って詳しくないんだけど、どっかの公爵家が解決に一役買ったとかなんとかなのよ」

「ふん？」

「まあ、そっちはどうでもいいんだけど」

「そうね」

「商会のお取り潰しとなったら、その縄張りだった商圏が空くでしょ？　賢いわたしは考えたわ。王都の商圏に新参が食い込むのは無理ね。でもトライデントならどうかしら？　学園の中では申請した商人しか入れないわ。でも生徒なら別よね？　王都からの影響が強いこの学園で生徒が店を開くのよ！　開業するの！　一人丸儲けね！」

「すごい」

「でしょ！　でもまあちょっと、仕入れ過ぎたきらいはあるわね。馬車が壊れるなんて。盲点だったわ」

「盲点ね」

そんな会話を交わしていた。

お嬢様をその公爵家のご令嬢だとは気付かないまま、楽しげに話は弾んでいた。

お嬢様の目論見通りに事は進んでいる。

学園に居たくなかったのだろう。

馬車は自分のを貸すなり新しい馬車を借りるなり、お嬢様だったら他の方法を幾つも取れた。

しかし従僕を貸し出すことで、まんまと自分も学園から抜け出すことに成功している。

ペトラルカを気にいったことも関係しているのだろうが、一体どこでそんな悪知恵を覚えてくるのか……。

やれやれな主人だ。

「――で、どこに行くのかなー？　ってついていったのよ。だって気になるじゃない？」

「そうね。気になるわ。わかるわ」

「そうよね？　でも途中から尾行の方が楽しくなっちゃって」

「わかるわ」

……しかしまあ。

楽しそうに話されるお嬢様を見ていると、仕方ないかと思えてくる。

お嬢様だって偶には『自由時間』が欲しいのだ。

これは最善の選択。うん。ベレッタさんにバレなければ。

あちこちに飛び回る話題が、お嬢様の気を紛らわしてくれる。

従僕は笑顔で見守ることにした。

「そこで、街の門番に賄賂を渡すのよ。そしたら通してくれるから」

「ワイロ」

うちのお嬢様に余計なことを教えないで貰えるかな？


学園に通う生徒には週末にお休みがある。

だからなのか。


「ピクニックに行くわ」


お嬢様は、そう仰った。

お休みの意味ってわかります？

この展開を従僕は予想していたので、溜め息は……心の中で吐き出すだけに留めておいた。

ペトラルカという長い紫の髪をツインテールにした女子生徒と仲良くなったお嬢様。

お店を出すという場所まで授業をサボってついていったのが先日。

学園の中に未だ友人を見つけられないお嬢様が、初めて出会った自分を貴族だと思っていない相手。

この機会をお嬢様が逃す筈がなく、荷物の積み下ろしは従僕に任せ、延々と馬車の御者台で会話を楽しんでおられた。

たとえば。

「やべー？」

「そ。ヤベーよ、ヤベー。そんな時はヤベーって言うの」

「どんな意味かしら？」

「めちゃくちゃ酷いって意味ね」

「ヤベー」

「そうよ！　……ねえ、どういう意味？」

とか。

「リンゴ」

「ゴルイマイラ」

「ラッパ」

「パトリネーシャス」

「スイカ」

「神は天にいまし人は地に満ちまし」

「……ねえ。それほんとに合ってる？」

とか。

「うちの流通じゃ、ここが限界なのよ。もっと珍しい商品を扱いたいのなら、他国にも目を広げていくしかないわ」

「珍しい商品……たとえば？」

「そうね――………あ、竜関係の品とかないわね。取り扱ったこと」

「そう。従僕に、取ってきて貰う？」

「あはははは！　いいわね！　面白いわ、その話！」

「じゃあ……」

「待って。これどこまでが冗談？」

とかだ。


聞き耳を立てながら時折ペトラルカに指示を貰いつつ荷物を下ろした。

こういう作業は久しぶりで、俺にとっての気分転換にもなった。

海運にも手を出しているというペトラルカの商会は、荷下ろしをする人夫がいつでも不足だという。ほぼ毎日のように力仕事なので敬遠されるのだと愚痴っていた。所有する奴隷に割り振っているとも言っていた。

是非とも。

次の転職先候補の一つとして捉えておきたい。

そのせいか、研ぎ澄まされていた聴力は……お嬢様のヒソヒソとした声も拾ってしまった。

それはこんな感じ。

「ねえ。わたし、最近色々あって人に見つからないような場所を知りたいの。どこかいいところを知らないかしら？」

「ちょっと。話し方のトーンといい内容といい、犯罪者のそれなんだけど」

「失礼ね」

「ごめんなさい」

「許すわ。それで、いいところ知らない？」

「うーん。わたしも一年だから学園の中には詳しくないのよねー」

「外でもいいの」

良くねえよ。

それで苦労するのはきっと従僕なのだから。

この時は持っていた荷物の重さが倍になったように感じられた。

声量といい内容といい明らかにあれだ。

従僕が困る案件だ。

「外ねー。うーん、うーん。…………わたしの街なら案内できるんだけど。……あ！　そうだわ、思い出した。あるわよ、いいところ」

手が滑ったことにして店内から外の馬車目掛けて木箱を飛ばそうかな？

姿は見えないが、ポンという手を打つ音も共に聞こえてくる。

「この周りの森って王国の騎士団が定期的に強い魔物を排除してるんだって。必然的に残るのは弱い魔物だけなんだけど、それは魔術の実習なんかで討たれるから問題ないそうなのよ」

「ふんふん」

「だから魔術に必要な素材探しや魔術の腕試しに、森に出掛ける生徒もいるらしいんだけど、それって北側の森ばっかりなんだって」

「そうなの？　……なんでかしら？」

「南の森って、魔術の触媒になりそうな素材や手頃な魔物が森の浅いところにはいないそうなのよ。南は街道の先には山しかないし、王都もここから北にあるでしょ？　だから人気がないってわけよ。南の森なら人が来ないいんじゃないかしら？」

「わかった。南の森」

「それに、南の森には一面が花で覆われた原っぱがあるとか……ないとか？」

それ、なくね？

「まあ、あったとしても魔物に必要なものなんでしょうけど」

「面白そう」

「でしょ？」

なんて会話を交わしていた。


そのため、今日の朝のような宣言に繋がるのだろう。

今回はこっそりではない。

ベレッタさんからの許可を得ての外出になる。

問題はない。

お嬢様の頭の中以外に。

休日の朝だ。

珍しく早く起きたお嬢様は、まるで平日のように朝食の後の紅茶を楽しまれている。

お嬢様にとってのお茶の時間を、従者が警戒し緊張するような時間にでもしたいのだろうか……。

何故か気の緩むタイミングでぶち上げるお嬢様。

「ピクニック、ですか」

「そう」

これにベレッタさんは少し考えこんでいる。

きっと違う。

ベレッタさんが考えるピクニックと、お嬢様が言うピクニックは。

恐らくだが、ベレッタさんの考えるピクニックというのは、学園の中にある北の平原で食事する、くらいのものだろう。

刈り込まれ手入れをされた広大な庭で。

しかし真実は人の手が入っていない危険な森へ行くというものだ。勘弁。

ベレッタさんではダメだ。

視線に力を込めて合図を出そうにも、ベレッタさんはそもそも従僕を余り視界に入れない。

ならば！

従僕の隣に並ぶメイドへと期待を込めた視線を送る。

リアディスさんならきっと！

「…………すぅー…………」


寝てない？

伏し目がちに落ちた瞼に笑顔。ともすれば慇懃《いんぎん》に立つ侍女だ。

「…………すぅ……すぅ……」

寝息が聞こえなければだが。

今日はいつもの休日より起きる時間が早くなったせいだろう。

ダメイドめ。

「お嬢様がそうされたいというのであれば……」

そうこうする内に、ベレッタさんが許可を出してしまった！

違うのに！　ピクニックってそんな意味じゃないのに！

しかし従僕の心の叫びは届かず、お嬢様のピクニック計画は順調に進む。

「今日の予定は公爵家の使いの者から話を聞くぐらいですので、後日に回しましょう。お嬢様の都合のいい時間に。伯爵位の方からお茶会のお誘いなどもありますが……こちらもお嬢様のいいように」

「ありがとう」

お嬢様からのお礼の言葉に頭を下げるベレッタさん。

「では、そのように手配して参ります」

「ああ、ベレッタ」

「なんでしょう、お嬢様」

踵を返そうとしたベレッタさんをお嬢様が止める。

「食事は四人分ね？」

ああ神様。

いるんでしょ神様！

ねえ神様！

俺の祈り……もとい文句は届かず、不審に思ったベレッタさんの視線が従僕に刺さるばかり。

違う違う、違うんです。

俺がいっぱい食べるとかじゃないです。

「……お嬢様、近衛の食事を持っていかれるのは構いませんが、手短に食べられる簡単なものを持たせますので……」

「あら、違うわ」

そう違うのだ。

お嬢様は手に持っていたカップをソーサーへと戻し、ベレッタさんに振り向いて言った。

「わたしと従僕――――それとベレッタにリア、四人分じゃない」

「それは……」

「そう」

お嬢様は満面の笑みだ。

従僕が、碌な目に遭うことがない時の、笑顔だ。

「みんなで行くの！」

貴族様三人と森。

魔物がいるかもしれない花畑を目指して。

怪我でもされたら責任は誰にあるのだろうか？

それはもちろん。

役割に『衛』という文字が入った奴だろう。

……勘弁してほしい。


学園の生徒が外壁の外に出るのには、外出許可証なる物がいる。

基本的に外泊を考えられている許可証で、学園側に申請が必要だ。

馬車や護衛の手配、宿泊する予定の宿屋の情報や外泊の日数、その他諸々の手続きが存在する。

偏《ひとえ》に生徒の安全確保が目的である。

他国の貴族様も預かるこのトライデント。対外的にも安全をアピールする必要があり、そのために王都にも勝るとも劣らない外壁を組まれているらしい。

煩雑な手続きもそのためだ。

しかし幾つか抜け道も存在する。

その一つが御印。

基本的に貴族家の直系の者にしか与えられない印で、自分がどこどこの貴族家の者だと証明するものだ。

　この御印を提示して申請を行うと、外出許可証をすんなりと貰える。馬車や護衛も、必ずついてくる訳ではなく任意となる。

　この御印が出ると『当家の事情が絡む』といった意味になるらしく、見られたくない物や聞かれたくない話を見たり聞いたりしないための配慮だそうだ。

　他国の貴族様もいる。しかし学園の運営は王国がやっている、だからできた穴だともいえる。

　そしてもう一つが、同伴である。

　こちらは学園側が定めた戦力を有しているのなら、外泊しない条件で一時的に学園の外に出られるというものだ。

　魔術学園という側面、どうしても魔術の試し打ちや効果を知る必要が出てくる。未だに実技の授業はないが、伝え聞いたところによると近くの森に出る魔物を魔術で狩るのだとか。貴族って怖い。

　その時、生徒である魔術師一人につき一人前の魔術師を一人つけて外壁の外へ出るそうだ。

　そこからなのか生徒の外出に定められた戦力というのが、一人前の魔術師を一人分となっている。

　一人前となった魔術師を、この学園では『一杖』と呼んでいる。

　何を以て一人前とするのかは、卒業資格の有無にある。最低でも三年間の通学で与えられるので、四年生以上は『一杖』となるのだが『生徒』である以上は戦力に含まれない。

　生徒以外の『一杖』となると、一番に思いつくのは教師だ。

　つまり教師の管理下で少しの間だけなら外に出てもいいよ、というものなのだが……。

　しかしこれは抜け道の一つに数えられている。

なぜなら……、

「楽しみですねー、ピクニック」

「そうね！　楽しみだわ！」

「……お嬢様、なにやら馬車に乗る時間が長くはないですか？」

上位の貴族様は一杖となった魔術師を近衛や侍女として連れて来ているからだ。

……南門へ行くために学園という名の巨大な街を通り抜けていますからねー。

ベレッタさんの疑問に心の中で答える。口に出さない理由は馬車に乗る際、お嬢様は従僕に「黙って、大人しく、乗ってなさい？　喋っちゃダメ。動いてもダメ」と命令されたからだ。

それにベレッタさんも頷いていたが、お嬢様の意図とはきっと違う。

今日、御者を務めているのは俺じゃない。

これは途中から森を歩くので、馬車を置き去りにしないための配慮だが……気のせいか従僕を監視下に置こうとしているような意図を感じる……。

お嬢様はにっこりと笑っていた。

『余計なこと言わないでね』

従僕も微笑んで返した。

『余計じゃないことなら構いませんか？』

と。

和やかな主従の戦いの幕が切って落とされた。

しかし両者の関係がそのまま勝敗に繋がっていた。

最初から『勝ち』なんてない。

従僕には『負け』か『鞭』しか存在しないのだ。

そのため、なんとかしてこの状況をベレッタさんに伝えようとしたのだが、無理だった。

喋らず動かず、お嬢様に監視されながら……。


いや、無理だよね。


それでも不自然な点は多々あったのだ。近くの草原に行くのに馬車を使ったり、馬車の中が締め切られていたり、従僕を馬車の中に招いたり……！

更にお嬢様は、予想される疑問にも答えを用意していた。

最初に疑問を呈したのは、ショートカットのメイドだ。

「馬車で行くんですねー？」

コテンと首を傾げての問いだ。よく言った。

それにお嬢様がなんでもなさそうな表情で返す。

「気分を出したいの」

なんだその返し。

「ああー、わかりますー」

なんだこのメイド。

「馬車の中では小腹を満たせるように、飲み物とお菓子を用意させてあるわ」

「ささ。早くいきましょう、お嬢様」

喋り方の割に素早く乗り込むつまみ食いメイド。

いいんだ。こっちのメイドには期待してなんていないから。

「……カーテンは開けておいた方がいいのでは？」

馬車に乗り込んで疑問を呈したのは、髪を引っ詰めにした期待のメイド様だ。

これにお嬢様は座りながらどうでもいい感じで答えた。

「中から見れるということは、外から見られるということよ？　わたしは嫌」

「しかし景色を楽しむのも醍醐味の一つなのでは……？」

「毎日見ている景色じゃない」

「……それは……そうですね。確かに」

「そうですよー、ベレッタさんもケーキ食べましょうー？」

そうか。敵だったかダメイド。

「……リアディス、お嬢様の前ですよ」

「構わないわ。ちょっとしたお茶会よ。いいでしょ？」

「……お嬢様が、そう仰るのなら……」

機嫌の良さそうなお嬢様の様子に困惑しつつも、自分が飲む分も含めてお茶の用意をし出すベレッタさん。

……いつの間にそんなに口が上手くなったのか。

きっと交遊関係が悪いんだろうな。

ちくしょう。

「……お嬢様、なにやら馬車に乗る時間が長くはないですか？」

はいきた。

馬車を走らせている時間の長さに、ベレッタさんが疑問を抱く。

学園はその敷地内に街と呼べる区画が存在する。

そして南門に行くにはその街の真ん中を真っ直ぐ通るのが近道だ。

それでも巨大な敷地を持つ学園だ。そこそこの時間が掛かる。

これにもお嬢様は何気なさを装って返答した。

「直ぐについたら楽しくないわ」

「そうですよー」

いらないメイドだ。

リアディスさんが援護をするので、そんなものかという空気になっている。同伴での外出に必要な一枚の魔術師は『一人』。なんで二人とも連れていくのかと思っていたが、もしかしたら今のような状況を想定してだろうか？

普段ならベレッタさんだけがついてきている。

ははは、このくそ餓鬼め。

どうせみんな一緒の方が楽しいからという理由だろうと思っていたのだが……意外にもよく考え

られている。

どうにかしなければ。

しかし時折投げ掛けられるお嬢様の鋭い視線に、従僕は動けない。

このままでは南門に、南門に着いて…………。

着いてしまう？

そうだ！　門だ！　門があった！

一度お嬢様と共に学園を抜け出したことがある。その時に外出許可証を……そう外出許可証を！

門番に！　提出したのだ！

これぱかりはお嬢様といえどどうにもなるまい。

持っている外出許可証を門番に提出する、もしくはその時に同伴する魔術師がいる証明をしなければなるまい。

そこで学園の外に出ることが露見するだろう。

詰めが甘かったな、お嬢様。

心から滲み出る感情のままに口角が僅かに上がる。

しかし問題ない。主人の感情を害さないように微笑しているだけだ。

「従僕、笑わないで」

「畏まりました」

それを見咎めたお嬢様から叱責が飛ぶ。

くそ餓鬼め。

冒険者アレン

右に左に首を振り、周りに誰もいないことを確認する。

「……大丈夫そうだな」

一息ついて腰に下げた剣を握った。


街の外へ来ていた。

奴隷から解放された俺は王都を拠点に活動することを、マリスティアン公爵家と約束した。

約束というか命令なのだが、大恩がある方の家なのだ。拒否するつもりは毛頭なかった。

……そもそも貴族の命令に首を振れるような立場にいないのだが。

ここを拠点とする理由も、その所在をハッキリさせておくというものと、俺がマリスティアン公爵家の命令下にあると周囲に認知させるため、だそうだ。

事件の事後処理を行っている王都に、公爵家は対応できる人材を置いているというアピールなんだとか。

よくわからん。

とにかくしばらくは王都の宿屋暮らしが続くという理解でいいだろう。

活動資金として結構な額を貰っている上に、宿なんかの費用も先払いされている。

至れり尽くせりだ。

まさに憧れていた英雄としての生活……なんだが……。

俺はもう、自分の身の程というものを知っている。

いや、知ってしまったと言うべきか……。

『分』だ。

人間には相応の『分』というものがある。

どのように言っても人生について回る。

わかりやすく『身分』がそれだと考えていたんだが……それだけに済まないことを知った。

俺に英雄の『分』はない。

……なれるなれないじゃない。

ないのだ。

今でこそ英雄のような扱いを受けて、大貴族との繋がりも出来て、不相応な装備を身につけてはいるが……。

そんな俺の中身は村を出た頃と何ら変わりがない。

……少し前の俺なら「やはり最初から英雄たる器が……」どうのこうのと言ったかもしれない。

それもあの大穴を見るまでだろうか。

貰った剣に舞い上がってチンピラ冒険者を倒して……俺は調子に乗っていた。

少し前まで死にかけていたことも忘れて。

自分で王都にいる貴族か騎士団に内通者がいるのでは？　と予想していたのに、煽てられ、騎士がこの俺の実力を認めてくれたと浮かれていた。

だからこの騎士は違うと油断してしまった。

――あの時、突き出される剣先が、ひどくゆっくりに見えた。

あの女騎士が笑顔で剣を突き出す動作が。

ゆっくりに。

恐ろしく自然で、しかしこちらの動きを挟む余地がなく。

……落ち着いて考えられる今だから、そう思える。

感じれる。

だが、あの時はどうだったか……。

気付くのは死んだ後とかになったのだろう。

そして俺は知る。

目覚めた時に見た光景に、自分の『分』を。


剣を抜く。

名工が鍛え魔術を組み込んだこの剣は『魔術剣』という部類に入るそうだ。

本来なら剣に魔術を組み込むという行いには無理があるらしく、刀身が脆くなったり魔術が効果を発動しなかったりすることも少なくないという。

そのため、剣は『業物』以上の出来の物が求められ、魔術を組み込む魔術師も一流の力量を必要とされる。

それでも不具合が認められずに『魔術剣』と呼ばれる物が出来上がる確率は一割を切るそうだ。

剣を握る手に汗が浮かび、思わず喉がゴクリと鳴る。

まさかそんなに貴重な剣だったとは……！

きっとお嬢様は俺にプレッシャーを与えまいと軽い振る舞いを意識されて手渡したに違いない。

……大したお方だ。

剣には『名剣』『業物』『至玉』といったランクが存在する。後者になるほどランクが高く、存在が少ない。そして魔術的な機能を持つ剣にも『魔術剣』『魔法剣』『魔剣』といったランクが存在する。こちらも後者になるほどランクが高いのだが、どちらかと言えば種類分けに近い。『魔剣』は場所によっては『聖剣』なんて呼ばれ方もしている。

区別やランク分けでは最低位にある魔術剣だが、『魔剣』と呼ばれるに至った物もあるため馬鹿にできない。

大魔導師リュミナスが創造したと言われる魔術剣『デュランダル』なんか有名だ。

魔術が封じ込められているとされる『魔術剣』なのに、実は神魔から賜ったとされる『魔剣』だと呼ばれた一振りだ。

かの存在が確認されている英雄に渡された魔術剣だが、その没後に行方が知れなくなっている。

どこかの王族が隠し持っている、息子に託した、等といった多くの逸話があるが、どれが本当なのかなんてわからない。

そこまでとはいかないが、英雄譚には必ずと言っていいほど出てくる魔術剣が自分の手の中にあるのだと思うだけで、落ち着かない気持ちになる。

「……落ち着け、落ち着け」

深く息を吸って深く吐く。

まずは確認からだ。

「ふん！」

魔術剣に魔力を流す。

すると刀身が淡い白色に発光を始めた。

同時に剣を握るだけで軽くなっていた体が更に軽くなる。

身体能力強化、魔術刃生成。

今効果を発揮している技能《スキル》はそう呼ばれている。

この魔術剣、剣を握るだけで大気中の微量な魔力から身体能力強化の技能《スキル》が自動で発動する優れものなのだが、使用者が魔力を流すと更に上位の効果が現れるそうだ。

……これをあの時知っていればとも思う。

しかしお嬢様がこの機能を俺に教えなかったのは、何らかの考えがあったからに違いない。

過ぎた力だとか。

浮かれ過ぎないようにだとか。

身の丈に合っていない武器を手に入れた時に起こる危険。

それから俺を守るためだったのではないか？

そう考えると、納得できる。

この技能には……実は欠点があるからだ。

「……ふう。ぐっ、意外とくるな」

魔力の供給を止めると体が途端に重くなるのだ。

まだ何もしていないのに、これだ。

これは身体能力の強化がされても肉体が強化されていないので起こる反動、らしい。

そこまでの魔術を組み込むリソースがなかったとかなんとか。

十分凄いとは思うが……このスキルをもしチンピラ冒険者相手に使用してしまったら……その後の俺の始末はより簡単なものになっただろう。

これを予期していたというのなら、やはりお嬢様のお考えは計り知れないものだ。

なるほど、お嬢様は貴き御方だ。

真の貴族だ。

壁の大穴を見た時……その前でお嬢様に泣きつかれて倒れているあいつを見た時。

ああ……俺じゃ全然足りないんだと思った。

力も。

命の張り方も。

まあ、その時はまさか壁の大穴を空けたのがあいつだとは思わなかったが。

ただそれを告げられただけで、すんなりと納得できてしまったが。

その後で少しでも役に立てるようにと、記憶を掘り起こして街を駆けずり回って魔物の所在を騎士団に伝えた。

何かしたかったからだ。
この剣のおかげで、目覚めたばかりの魔物なんかに苦戦することもなかった。
氾濫し街の人を襲う魔物を倒した。
それでも『英雄』と呼ばれることに違和感を感じた。
まだ何も成しちゃいない。
自分の想い描く英雄像は、まだまだ遠い存在なんだと気付かされた。
こんなもんじゃない、と。
俺は英雄の器にない。
俺に『分』はない。

今は。

……諦めが悪いのが俺の『分』なのかもしれない。
返していかなきゃいけないものが沢山ある。
まずは直近の恩に、迷惑を掛けた相手に、……育ててくれた親に。
少しずつだ。
早足で進めるほど俺の『分』は高くない。
もしかしたら、そんなに奥行きもないかもしれない。
でも……やると昔に決めたのだ。

ならせめて、今まで受けた全てを返せるぐらいにはなりたいと思う。

「先は遠そうだが……」

呟いて、草むらに身を伏せる。

森からゴブリンが数体出てきたからだ。

一先ずは冒険者稼業に戻ってみようと思う。

残念なことに……畑仕事も繕い仕事もこなせないからだ。

多少経験があるのは無鉄砲な冒険者稼業だけ。

それも売られて終わるという失敗談。

……なんとまあ浅い人間であったことか。

英雄英雄と叫んでいた頃の自分を思い出して吹き出しそうになる。

ゴブリンが辺りを警戒しながら森を抜けようとしている。

それに近付くことなく待ち伏せする。

よし。とりあえずここからだ。

誰もいないと警戒を解いて草原を渡り始めたゴブリンの背中が見えたところで、淡く輝く剣を手に襲い掛かった。

ペトラルカという少女

学園への入学を薦められたのは、渡りに船ってやつだったわ。

商人の娘として生まれたわたしは、当たり前だけど商人の娘として育てられた。

立派な商人になるための教育を受けたわ。

読み書き計算はもちろん、貴族に通じるマナーから門番への根回しの仕方なんかも教えて貰った。

今にして思えば変な親ね。何かの役に立つからって言われたんだけど……役立つような状況って何かしら？

疑問はあったけど、別に嫌ではなかった。色んな知識や技術を身につけられたから。

魔術もそんな教育の中の一つだった。

あれば便利。なくとも困らない。

それが魔術の第一印象。

大して力の入っていない教育だったけど、どうやらわたしには才能があったから伸ばす方向に。

さすがわたし！

でも魔術って使わないのよねー。

街から街へ馬車で移動する時に、野宿でもすれば別だけど。

それも魔道具で代用が利く。

なんの需要があるの魔術。もっとしっかりしてほしいわね魔術。

あとは魔術を駆使して敵を倒すとかなんだけど……それは魔術師と呼ばれる職業だ。

わたしは商人だから。

というか乙女なのよ。危ないことはノーだわ。

そういうのは護衛とか冒険者の仕事だから。領分を侵すのって、いくない。

わたしは大商人になる。いずれ、きっと、多分。大丈夫よね？

もっともっと儲けて危なくなく楽に暮らすのが目標なのだから。

だから必要以上に強力な魔術とかいらないわ。

そんな気持ちが表に出たのか魔術の教育は結構テキトーに受けていた。

なのに『トライデント』への入学通知がきた。

……いやあ、自分の才能が恐ろしいわ。

見た目もいい、頭もいい、魔術の才能もあって幸運にも恵まれるなんて他にいないわねこんな女。

でもまあ、断るつもりだったの。入学。

だって、学校の生徒はほとんどが貴族だそうじゃない？　ないわー、ほんとにないわー。

即答で答えたわたしに、両親は言った。

「少し考える時間がいるね」

ってさ。冷静に考えるといい、だってさ！

まるでわたしが冷静じゃないみたいじゃない。失礼ね。失礼だわ！　わたしをなんだと思っているのかしら？

そりゃあ、わたしはびっくりするほど綺麗だし頭脳明晰で神様の愛が鬱陶しいぐらいの幸運だけどね。そりゃね。

しかも次女で、兄さんが商会を継ぐし、姉さんは嫁ぎ先が決まっているから割と自由に将来を決められる立場にあったから。

大成すること間違いなしの美少女なのね。
引く手あまただわ。
そして貴族がいっぱいの学園よ？　学園。
わたしを取り合って三国間のバランスが崩れるんじゃないかしら？
大変ね。
率直な意見を聞きたくて姉さんに真剣に相談してみたの。
打たれたわ。
嫉妬ね。
これは仕方ない。
それで結局振り出しに戻ったのよ。
自分で考えるってところに。
だからわたしは考えた。
商品である水飴をチョロまかして舐めながら、暇潰しに商品台帳を斜め読みして。
その時に気づいた。

……なーんか、おかしい。

この飴、ちょっと酸っぱい！　というのもそうなんだけど。
商品台帳。

これに違和感を感じた。

数字や記入品に変なところはない。合ってるわ。綺麗な字だし。でも変だ。

むやむやする。

このむやむやを覚えたわたしは、番頭に怒られながらも過去の台帳も調べ漁った。この酸っぱい飴、美味しいわ。

違和感《むやむや》のある台帳と、違和感《むやむや》のない台帳がある。

なにこれ？　どういうこと？

何度見ても金額や仕入れ数なんかに間違いはない。

なのに不思議と違和感を感じる。

そこで賢いわたしはピンときた。

きっと横流しってやつだわ。裏帳簿の存在を感じたとかそんなのね。

でも台帳は合ってる。

合ってるけど、一応、念のため、万が一を考えて、他の人にも見て貰った。

間違ってはいなかった。

父さんと兄さんにも見せて、商品のチェックをしてもらって、過去の売上金まで調べて貰った。

何もなかった。

変ね？　わたしの頭のことじゃないから。これが天才の苦悩ってやつなのね。

わたしは諦めなかったわ。

天才故に。

意地になっているわけじゃないわ。

使用人から雇い人まで捕まえて台帳を見て貰った。「お嬢、我々も仕事があるんですけど？」っていうのは聞き飽きたんですけど。父さん、本当だわ。給料泥棒っているのよ。口じゃなく手を動かしなさいよ手を。

するとわかったことがある。

従業員にもこれと似た違和感を感じる人がいる。

こ、これは?!

…………………………なにかしら？

もう。もっとハッキリしてー、ハッキリー。

なんで今まで気付かなかったのかも明確にー。

でもこれに何か完成した流れを感じたわ。腐敗の臭い、不正の香り。

言ってみたかっただけ。

……どうしようかしら？

だって数字の上では何もないんだもの。どうもしようがない。

きっと完璧に隠蔽されてるのね。大変だわ。

むむむ、と額に皺を……寄せてはなかったけど頭を悩ませ、酸っぱい飴を舐めながら考えてみた。

そこに机の上に置かれていた入学通知が目に入った。

「はっ。これよ！」

中からわからなければ外に出てみればいいのよ！

これで解決ね！

ツインテールにしている髪を弾ませて、わたしは入学通知を手に立ち上がった。

善は急げとその日のうちに両親に学園への入学を告げた。

なんの計画もないけれど。

ペトラルカは学園で

すごいわたし！　さすがわたし！

入学したばかりの学園で、学食の制覇を目論んでいたわたしに朗報が入ってきたわ。

王都にあった大きな商会が潰れたらしいの。

なんでも魔物の密輸をしてたんだって！

バカねー。そんなことしなくても儲かってたでしょうに。バカねー。

でもこれはチャンスだわ。

これが世に聞く日頃の行いってやつかしら？

日々を慎ましくも清らかに生きるわたしに、神様が助けの手を差しのべてくれたんだわ。

困ってなかったけど。

これを食べたら真面目に策を考えましょう。もぐもぐ。

ここの学食はやるわね。大したものだわ。

その学食のメニューを制覇するんだから、わたしってすごい。ええ?!　春の新メニューって何よ！　ひきょーもの！

さて。

お腹いっぱいになったわたしは考えたわ。

春の新メニューについて。

真夜中まで続く一人討論もなんとか終わりが見えたから、ついでに実家で感じた違和感についても考えた。ぐぐぐ、激務が過ぎて辛い。

優秀である弊害ってやつよ。

お持ち帰りにした甘い物を食べてなかったら危なかったわ。

姉さんは夜に甘い物は危険とか言っていたけど、あの人少しおかしいから。こんなに幸せなのに。

その後、眠気と戦いながらもわたしは何かいい案がないものかと熟考した。

三分くらいね。

そもそも違和感が何かわからないのに考えても無駄だって気付いたのね？

だから比べてみることにしたのよ。

学園でもお店をやるのよ！　そして実家のお店と比べて違和感を探るの！

少なくなりかけていたお小遣いも稼げて一石二鳥ね！

なんてこと……。

才能を欲しいままにする自分が怖いわね。

ちょうどいいことに大きな商会が潰れてここらの商圏にも隙間ができたしね。うちの商会から申請を出せばお小遣いの出費も安く済むわね。

え。待って……。

ここでお小遣いを全額仕入れに傾ければ……それはわたしのお金ってこと？

なんてこと……、なんてことなのかしら！　かしら！

来たわ、わたしの時代！

生徒が店をやれば商品の関税も掛からないんじゃないかしら？　学業に必要だって言ってればいいのよ。他の貴族の生徒だってアホほど私物を学園に持ち込んでるんだもの、文句も出にくいわ！

一々許可を得て学園に出入りしなくても、商家の娘だから仕入れた商品をツテで送って貰えば、そのままお店をやれるしね！

さすがだわ、わたし。

誰も思いつかない珠玉のアイデアね。

自分の才能が恐ろしい。

早速近隣の、というか王都であぶれた商品を商会を通じて買い取ることにした。

急に取引先がなくなって、もて余し気味の商品だったから安く買えたわ。つまり恩も売れたってことね。

完璧よ！

盲点だったわ。

「きっと古い馬車だったのね」

　まさか車輪が壊れちゃうなんて。

　寮食をきっちりと食べて、運ばれてきた荷物を受け取ったのが早朝。借りた馬車に荷物を移し替え、後はタイミング良く空き店舗になって契約できた場所に商品を運べば一先ず終了というところなのに。

　少しでも距離を稼ぐために厩舎まで運んで貰って、そこで荷物の移し替えを行ったのが悪かったのかしら。それとも品物がほんのちょっと多かった？　でもお買い得だったし、商人たる者、商機を逃すなんておかしいわ。うん。間違ってないわね。

　……どうしよう？

　幸いというかなんというか、荷物を運んできた御者は忙しい時間だからって戻っていっちゃったわ。元の馬車はその場に置いていていいって言って。

　車輪が壊れるところは見られていない。

　わたしが御者台に座ったら壊れたわ。

　古い馬車だもの。

　そもそも荷物を移し替えるなんて面倒なことをせずに、馬車ごと貸してくれたらよかったのに。ケチ。学園の貸し出し用と学園専用との馬車の使い分けなんて言われても困る。貸し出し用はボロいし。全く非効率ね。

　まあいいわ。

誰かに見られたわけじゃないんだし、ささっと車輪を交換して黙ってましょう。

積んであった交換用の車輪を荷台から下ろす。

すごく重い。

でも壊れたのが車輪だったから良かったわね。押したら転がしながら進めるもの。

倒れちゃったけど。

大体の場所まで運べたから良しよね？

後で持ち上げましょう。

先に荷台を持ち上げて壊れた車輪を外さなきゃ。

そのためにはまず、荷台にある荷物を全て下ろさなきゃいけないんだけど……。

めんどくさい。

本当ならパパッと済まして授業には間に合う予定だったのに、もうとっくに始業の鐘は鳴ってしまっていた。荷物が多かったのが原因ね。御者と二人で移し替えたのにここまで時間が掛かった。

寮の前でやれば良かったわ。そしたら寮にいるメイドさんを呼んで手伝ってもらえたのに。多分。

もういいわ。このまま持ち上げちゃいましょう。

その方が効率的よね。

早速荷台の角を摑んで持ち上げてみた。

……みようと、した。

でも上がらなかった。

おかしいわね？　実家じゃセトがよくやっていたのに。

きっと馬車が悪いんだわ。

しばらく試行錯誤しながら色々とやってみたんだけど……。

上がらない。

……上がらない、上がらないじゃない！　どうすればいいのよ！　少しは持ち上がるぐらいの人間味を見せなさいよこの馬車！

着ていたローブを脱いで腰に巻き、長袖を折って捲り上げて頑張った。

ちっとも動かないくせに、運動量だけは既に荷物の積み降ろし分だけ動いた気がする。だったら上がりなさいよ！

ここまできたら、もう戻れない。

ここから荷物を下ろして荷台を上げても、なんか負けた気がするもの。

損した気になるもの。

そう……これは商人の性《さが》ってやつね、きっと。

商人は損を許せない人種だから。

この状態のままの荷台を持ち上げなければ、今後の商人人生にも関わるということね！

……ちょっとだけ、そもそも荷物を下ろしても持ち上がらないんじゃないかって思ったんだけど……大丈夫よね？

さすがに荷物を下ろしたら持ち上がるわよね？

それにしても……そろそろ軽くなってもいいんじゃないのかしら？

どれだけずっと頑張ってると思ってるのよ。こんな時こそわたしの中にある魔術の才能とやらが目覚めて、荷台が持ち上がるとかあってほしいわ。

「――ってぇ、上がるわけないじゃない！　どれだけ詰め込んだと思ってるのよ！」

バカなの？　死ぬの？　ナメてるの？　お金とるわよ！

息も荒く悪態をついて荷物を叩く。

商品？　いいえ人が生み出せし悪意だわ。

もう、どうしたらいいのよ！

上げればいいのよ。

頑張ります。

再び荷台を摑んで踏ん張るわたし。馬屋番は呼べない。もうお小遣いはないのだ。いつの間にかなくなっていた。不思議ね。

しかし無情にも持ち上がらない荷台。人の心がないのかしら？

ああもう神様。ちょっとどういうことよ神様。あと一回助けてください神様。お供えを食べたことを怒ってるのかしら？　神様。

今度ちゃんと供え直すのでお怒りを御鎮めくださいい神様。そのあとで食べます。

そんなわたしの祈りが届いたのか、神様は御遣いを下された。

「なにしてるの？」

祈ってるのよ。見たらわかるでしょ？

ペトラルカの手紙

いやー、世の中って広いのねー。

まさか片手で荷物が満載の馬車を持ち上げられる人がいるなんて。セトでさえ両手を使ってなんとかってところなのに。

そもそも筋肉ムキムキの大男ってわけじゃないのよね。どちらかといえば痩せている方で、黒髪黒目っていう珍しい組み合わせの長身。元奴隷だってさ。

うん。驚いたわ。


その荷台を持ったまま走れとか命令するこの子に。


人の心とか落としちゃったのかしら？　どうしたらそんな結論になるのかしら？

わかんない。

その命令を、さも当然のように『それはいい』とばかりに頷く男の方もわかんない。

やっぱい奴らだわ。

ほんとに人間なのかしら？

ここは貴族が集まる学園だってわかってたけど、まさか貴族以外にも変なのがいるなんて……。

しかも超ド級。

びっくりね。

でも女の子の方は話してみると普通なのよ。意外と話が合う方ね。ちょっと楽しかったり。

のんびりと馬車を走らせながら御者台に一緒に座ってお喋り。あらあら青春かしら？

その後ろで馬車の速度で走りながら荷台を持たされている男。あらあら拷問かしら？

どんな状況なのよ?!

……あと普通に付いてきているんだけど、授業中なのよね？　いいのかしら？

わたしが言えたことじゃないけど。

街が丸々一つ収まる学園の敷地。

お城みたいな学舎とは別に寮や草原なんかも入っているの。貴族ってスケールが違うわ。

その中に、学生が便利に暮らせるようにと商店を連ねた『学生街』と呼ばれる地区がある。

わたしが借りた店舗も、その『学生街』の端にある。

ちょっと立地は良くない。

うん。

おかげで長いこと走らせちゃったけど、わざとじゃないのよ？　知らなかったんだから。ノーカンよね？　ノーカン。

少し心配になったけど、その後も荷物の運び入れまでやってくれた。

……疲れてないのかしら？

二人掛かりでも積み込むのに結構な時間が掛かった荷物が、瞬く間に運ばれていく。

……ここまでやって貰っても返せるものなんてないんだけども。

どうしようかしら？

商国じゃ『情報』を商品として扱うこともあるんだけど、他国じゃイマイチ認められてないのよねー。

わたしの知っている知識でなんとかならないでしょうか？

なんて考えていたら、ちょっと教えてほしいと言われたので、知っていることをそのまま話してあげた。

それに満足したのか、コクコクと頷くシェリー。

対価は求められなかった。

これってつまり等価交換ってことよね？

それにしても『人に見つからないような場所』って何よ。トイレって言い掛けたわよ。

……人に見つからない……。

学園と関係ないんだけど、その言葉に何かが引っ掛かった。まるで実家で違和感を覚えた時のように。

ご飯を食べた頃には忘れたけど。

授業をサボったので先生に怒られた。

しかし早速翌日からお店を始めた。

善は急げって言うぐらいなんだから、これは良いことよね？　そんなこと先生に言ったりしないけど。

ああ見えて先生も貴族なんだから。わたしだって弁《わきま》えている。

だからこのレポートは書けません！

呼び出されたわ。

お説教ってやつよ。

実家で慣れていたわたしには大したことじゃなかったけど。

貴族の人にはこれが罰になるっていうんだから。

貴族、チョロいわね。

今日も半泣きで労働に励むわ。

といっても、簡単な注文を受けて店番しているくらいなんだけど。

儲かってる、儲かってるわ！

さすがわたし。商才もあったのね。父さんの生暖かい視線も、わたしの成長を見越してのものだったのよ！　きっと。

まあ、取り扱っている商品が外れようがない物っていうのもあるでしょうね。

魔石。

単体じゃ綺麗な石ってだけなんだけど、魔道具には必須だし、魔術や錬金術の媒体、魔法薬なんかにも使うから、学園だったら割と需要があるわ。

しかも発注が大味。

なんたって貴族の魔術学園。

庶民じゃ所持率の少ない魔道具も、ここじゃありふれた物だし、魔術の媒体としても必要だから、あればあるだけ売れるわ！

もうここに住もうかしら？

ご飯も美味しいし、商売も簡単だし。

……。

わたしってなんでここに来たのだったかしら？

はっ！　そうでした。違和感でした。帳簿に何らかの違和感を感じたんでした！

ちょっとどうでもよくなってきてたわね。

あぶないあぶない。

商売と並行しつつ……いや七：三ぐらいの割合で調べていくわ！

もちろん！　大切な方が七で！

とりあえず実家に帳簿のコピーをお願いした。中身の数字は間違ってなかったから、あっても意味ないけど。やってますアピールって大事。

当然、優秀なわたしは家族を慮《おもんぱか》って『そっちはどう？』的な内容も手紙に盛り込んだわ。

兄さんには『その後、薄毛はどうですか？』って。

姉さんには『いつまで実家にいるんですか？』って。

怒られた。

お前は何をやっているんだ？　ですって。

商売、って答えたらもっと怒るかしら？　父さん。

返ってきた手紙には、帳簿のコピーが同封されていた。ダメ元だったんだけど。言ってみるものね。

開いてみると、全部というわけじゃなく一部の商品の帳簿だった。

わたしが扱っている商品に因《ちな》んでいるのか魔石の帳簿だ。

うーん……。やっぱりおかしいところはないわね？

ひのふのみー。

適正価格だわ。わたしが売っている値段より良心的。

自室でうんうんと唸りながら帳簿のコピーを読み返す。

とりあえずお店の方の仕事が終わったので暇だったから。

机の上には、書きかけの反省文とレポート、実家からの手紙、何故か姉さんから送られてきた個人的な手紙、発注書、インク瓶、羽根ペン、朱肉、判子、学生街に出したお店の帳簿、と物で溢れている。

座っていると反省文を書かなきゃいけない気になってくるので、実家の帳簿を持ったまま、ベッドにゴロンと寝転んだ。

「はあ。わかんない。うーん、やっぱり気のせいだったのかしらね？　どうしよう。もう帰ろうかなあ？」

別に反省文が面倒だからとかじゃない。

でもここでの魔石商売を捨てるのは惜しいわね。

稼げるだけ稼いで逃げ……帰ろうかしら？

仰向けに寝転がって足をパタパタさせながら帳簿を睨む。

違和感、違和感……。

……あれえ？　この帳簿、違和感がないわ。
これはおかしい。
実際に実家で魔石の帳簿を見た時には強い違和感を感じたのに。
コピーにはそれを感じない。
つまり……。
わたしは跳ね起きると帳簿のコピーを投げ捨てて机に戻った。
羽根ペンを取り、実家への手紙を書く。

『至急。魔石の帳簿の原本を送られたし。姉さんはそろそろ嫁ぎ先に帰られたし』
と。

怒られた。

◇◇◇

勘弁、って言葉の意味を偉い人は理解していないんじゃないだろうか。
少なくとも神様は理解していない。
おかしい。

振動が軽減されている馬車の中は快適だ。御者台や従僕が詰め込まれる馬車と違ってガタガタと車輪の鳴る音も聞こえない。流石は公爵家の馬車だ。もしかしてこれも魔術というやつが掛かっているのかもしれない。

馬車は順調に進んでいる。そう、順調に……。


止まらないんですけど?


結構な時間が経過していた。

最初は余裕の心持ちだった俺も、これには首を傾げるようになり、更には馬車から飛び出したくなるまでになった。

いやそれは常にだったが。

常識だ。常識で考えれば……必ず門で止められる筈なんだ。

しかし馬車の速度は一向に緩む様子がない。

世の中はおかしい。

お嬢様もおかしい。

もしかしたら俺がおかしいのかもしれないが、これが真面《まとも》だというのならおかしくて構わない。

「……さすがに長くないですかー?」

馬車に乗っている時間が想像よりも長く、それを不審に思ったリアディスさんが首を傾げる。

もう少し早ければまた展開も違ってきたのに。

用意されていたお菓子を全て平らげた後じゃなければ良かったのに。

唯一窓際の席に腰掛けたお嬢様が微笑む。

「そろそろ着くわ」

「リアディス。お嬢様はこの時間を楽しまれています。口を挟まないように」

紅茶の入ったティーカップを手にしたベレッタさんがそれを窘める。

どうやらお嬢様が『馬車での道行きもピクニックとして楽しんでいる』と勘違いしているようだ。

用意されたお茶にお菓子。然《さ》り気無く座られた窓際。そして止まらない馬車。

これは……間違いないだろう。

謀《はか》られたね。うん。

従僕を監視下に置くために、馬車の中へ引き込んだのだろうと思っていたのだが、こうなってくると話は変わってくる。

お嬢様は、恐らく雇いの御者に話をつけている。

この学園都市の入退に関して。

……時間からして、もう外を走っているに違いない。

こうなってくると、馬車の振動はともかく、外の音が拾えないこともお嬢様の思い通りなのだろう。

時折、従僕に対する牽制のような視線を向けられていたが、それもなくなった。

手遅れだ。

この状況？

いいえ私の主人がだ。

これ以上はないと思っていたのに、お嬢様も成長されましたね……。

くそ餓鬼として。

……もうどうしようもないのだ。頑張ろう。頑張って……鞭打ちで済む範囲に押し留めて……！

もう鞭を貰ってもいいから帰れないだろうか？

そんな白旗を上げる従僕に、お嬢様が久しぶりに視線を向けてきた。

満面の笑みだ。

「楽しみね！　従僕」

従僕のクビが？

「はい。全く」

楽しくないね。

うふふ、ははは、と笑い合う主従にリアディスさんも釣られて笑い、ベレッタさんも仕方ないと息を吐き出す。


突然、外の音が聞こえてきた。


ガタンという音は、恐らく車輪が止まった音だろう。

やはり何らかの魔道具か魔術だったと見て間違いあるまい。

ガタゴトとタラップを準備する音が聞こえる。

そしてノック。

開けちゃいけない扉を開けろとせがむ音だ。

「マリスティアン様、準備が整いましてございます」

雇いの御者の声だ。

「開けて」

悪魔の声だ。

周到に準備された悪魔の誘《いざな》いというのは、断るタイミングがないという。

ああ、ね。

わかるわかる。

物語では、悪魔が招かれようと策を駆使して言葉巧みに扉を開けさせて中にいる人間をものにする。

しかしうちのお嬢様ときたら、開けていいですか？　と伺いを立てられるように持っていくのだから……。

「じゃあ、行きましょ？」

尋ねるように訊いてくるが、それはこの場の主導者のそれで……断ることが出来ない問いだ。

ああ、ちくしょう。

タラップを降りると――――予想通りの森だった。

遥か向こうに霞む山脈と視界いっぱいの木々。

来た道は、舗装はされていないものの地面が剝き出しなのに対して、これから進む道には草を踏み倒した轍《わだち》が辛うじて残っているだけだ。

「……え？　あ……うゆ？　…………え？」

「……」

困惑を露にするメイド様方は森を見て立ち竦んでいる。

「じゃあ、行って。帰りも時間通りに」

「はい、ありがとうございます」

その隙にとばかりにお嬢様が雇いの御者に馬車を出すように指示している。

退路を断ったとでも思っているのか？

歩いて帰れば問題ない。

なんなら抱えて帰りましょうか？

しかしガタゴトと走る馬車を見送っていたお嬢様が、まるで従僕の考えを読んでいたかのようなタイミングでこちらを振り向く。

「わたしは今からピクニックに行くわ」

「左様で」

「従僕は、近衛よね？」

いいえ奴隷です。

「間違いなく」

「なら、安心ね」

何が？

コクコクと頷くお嬢様。

ねえ、何が？

従僕の知識にあるピクニックというのは、天気のいい日に手入れのされた庭で食事をするというもの。

ただ。

ジュレールが一度冗談混じりに「軍が隊を編成して魔物狩りを行う行軍を洒落て『ピクニックに行く』とか言ったりすることもあってね？」と話してくれたことがあった。

笑い話だ。

いま？

笑えない話だ。

「……お、お嬢様？　なんかー、森にいるみたいなんですけどぉー？」

「ピクニックだもの」

「森が……深いんですけどー?!」

「ピクニックだもの」

ヤバい。信憑性を帯びてきた。

リアディスさんが森を指差して危険を訴えているのに、お嬢様は頷くばかり。

「こ、こういう森っていうのはですねー？　魔物がいるものなんですよー、家の庭とかと違ってぇー」

それは幼子に言い聞かせるような優しい口調だった。

それにお嬢様はわかったとばかりにコクリと頷いた。

「ピクニックだもの」

ズシャッという音を立ててリアディスさんが膝から崩れ落ちた。

そう。リアディスさんもメイド……。

従者だ。

現場にいるというのは、それだけで責任が伴う。わかる？　従僕に日々浮かぶ感情がそれです。

「うう……天国から地獄ですー……」

「どうしたの、リア？　大丈夫？」

主人の前だというのに失態を犯したメイドに、お嬢様は優しく手を差しのべる。ほっといてやれ。

「ううう……お嬢様は、わたしがお嫌いなんですかぁー？」

「？　大好きよ」

「はうっ?!」

面と向かってお嬢様に好きと言われたリアディスさんの顔が赤くなる。

悪魔の囁きだ。

サドメのそれだ。

「……こ、これはキますねー？」

「ほんとに大丈夫？」

「だ、大丈夫！　大丈夫です！　全然！　わたしはノーマルですから！」

「？　そう」

お嬢様の手を借りずに立ち上がったリアディスさんが顔を赤くされたまま両手をパタパタと振る。

因みに『ノーマル』というのは神期言語で『普通』という意味だ。

しかし異性愛者という意味でも使われる。主人に何言ってんだ。

いいさ。リアディスさんに期待はしていなかった。本命は別のメイド様だ。ビシッとよろしく。

期待を込めた目で、未だに立ち尽くしているベレッタさんに視線を向ける。

恐らく怒りを溜めているのだろう。

溜めて溜めて。

……溜めてー。

……………………………長くない？

そう思ったのは従僕だけじゃなかったようで、話し続けていたお嬢様たちも会話を中断して小言を言ってこないベレッタさんに視線を向けた。

「ベレッタ？」

「ベレッタさんー？」

リアディスさんが代表するようにヒョコヒョコと近付いていって、俯いているベレッタさんの顔を覗き込むように下から見上げる。

「……あー」

それにリアディスさんは納得するように頷くと、こちらに戻ってきて言った。

「気絶してますねー」

マジ勘弁だよ。

「仕方ないわね」

そう呟いたお嬢様。

続く言葉は「これじゃ帰るしかないわね」か「起こしてあげて」が妥当なところ。

「従僕」

「はいお嬢様」

「運んであげて」

ちょっと何言ってるのかわからない。

お嬢様の視線は俺に、指先はベレッタさんに向けられている。

救いを求めてリアディスさんに視線をチラリ。

しかしリアディスさんは従僕と目が合うとフイッと視線を逸らされた。

もうハッキリ言っておきたい。

俺は貴族って奴らが嫌いだ。

ここは公爵邸ではなく、ベレッタさんも奴隷じゃないのだ。

未婚の女性貴族を男性平民が軽々しく抱き上げるなどできるわけがない。

お嬢様じゃないのだ。

「黙ってればいいのよ」

お前が黙れ。

「わたしはー、何も見てないのでー」

お前ら黙れ。

何故か従僕がメイドを運ぶ流れになっている。

あからさまに目に手を当てて指の隙間からこちらを見ているリアディスさんと、急かすようにベレッタさんを差した指を上下させるお嬢様。

立ったまま気絶するという器用なベレッタさんの前には気絶しそうな従僕が一人。

許しを乞うように、もう一度だけお嬢様をチラリ。

お嬢様はそれにコクリと頷いた。

「早くして」

ダメだ。

全然意思の疎通とかできていない。

主人の命令に押されるがまま手を伸ばす。

……許してくれるだろうか。許してくれないよなー。そもそもが許されることじゃない。

こういう場合って普通、女性か同位の方が運ぶのでは？

お嬢様を小脇に抱えて運んだことがあるが、あれが許されているのは「お嬢様だから」という一言に尽きる。

お嬢様は俺にとって特別な……。

というか特殊な存在なので。

「……どうやって運ぶんでしょうねー？　背負われるんでしょうかー？」

「きっと、こうよ。お姫様みたいに」

「ええー？　もしくはこうじゃないですかー？」

どちらにしろ両手が塞がりますよね？

これから魔物がいるであろう森の中を進むのに。はは、死にたいのかな？

いや、殺したいのかな？

無責任な声を背に聞きながらベレッタさんを抱え上げる。


——俺の肩に相手の腹が当たるように持ち上げ、膝の裏を片手でがっちりと固定した。


今まで幾度となく繰り返した持ち方だ。

アレンとは前後逆だが、こう運んだ。

実績のある運び方だ。

「がっかりですー」

「そっちがあったわね」

何も見ないいんじゃなかったっけ？

従僕がメイドを抱え上げたことを確認されたお嬢様は、それでいいとばかりに一つ頷き歩き始めた。

「それじゃあ、行きましょ」

「はいー。バスケットはわたしが持ちましたー」

いつの間にか下ろされていたバスケットをリアディスさんが持ち上げてお嬢様の後に続く。

順応が早い。

そして最後尾には（状況的に）今にも死にそうな従僕が。

本当に大丈夫なんだろうか？

バスケットを両手で持ったリアディスさんは、魔物に対応することができるようには見えない。

先頭を歩かれるお嬢様に至っては、杖を出さないどころかまるで警戒もされていない。

つまりいつも通りだ。

「うーん！　……なんか気持ちいいわね。寮の前にも森があればいいのに」

「それ、わかりますー」

「でしょ？」

「わたしの実家の街も、森に囲まれてるんですよー。いいところですよー？　小さな滝があってー、ナルモルの実がなる木があってー……夏には学校の友達と、水着に着替えて泳いだりしましたー」

「楽しそう……行ってみたいわ！」

「ぜひぜひ！」

やめてくれ。

森の空気を吸って散策を楽しまれている貴族の子女方だが、従僕はその奥に息づく無数の気配に戦々恐々としている。

今回は馬車で走っているわけじゃないので、逃げることはできない。

幸いにして何故か、一向に近寄ってくる様子はないのだが……油断していいわけじゃない。

やはりまだ人の手が入っているところだからだろうか？

お嬢様が踏みしめて歩く道は、一応は街道なのか草が踏み倒されている上に森の中と比べて葦が短い。

いつぞやは街道に出現した魔物だが、あれは天然というよりは養殖されたものだったので、その警戒心が違うのだろう。

ちょっと一安心である。


歩くことしばらく。

もう少しで魔物の警戒範囲を越えるのか、気配に動きが出てきた。

そんな時だった。

「すごいわ」

「……うわー。すごいですー。わたし、こんなの初めて見ましたー」

姦しく喋っていたお嬢様方も、この光景には会話を中断せざるを得なかった。


辺り一面の花畑が出現した。


街道に少しカーブが掛かっていて、突き出した木々や森の暗さから先が見えない状況からのこれである。

自然にできたものなのか？

違うとしたら、これを作った奴は大したイタズラ好きだ。

花弁が風に舞うそこは、ともすれば妖精が戯れていても可笑しくないような花園だった。

これには俺も驚いた。

……凄い、光景だ……。

まさにお嬢様に読み聞かせる物語の一節に出てきそうな場所だった。

思わず見蕩れた。

「わーい」

満面の笑みでお嬢様が駆け出す。

花畑を割って中へと進んで行き――――直ぐに転んだ。

ここも一応は森なのか、花も意外と葦が高い。

「あはははは！」

花に埋もれたお嬢様が笑い声を上げる。

どうやらストレスの解消という目的は達成できそうだ。

「待ってくださいよー。どこでお弁当食べますー？」

バスケットを抱えた笑顔のリアディスさんが、足を取られないように大股でお嬢様に近付く。

やはり少し興奮しているのか楽しそうだ。

俺もその後に続いた。

ガバッと花の海から立ち上がったお嬢様が、笑顔で花畑の奥を指差す。

なんか懐かしい光景だ。

『あれ、なあに？』

――気付けば自然な笑みを浮かべてお嬢様に歩み寄っていた。

きっと条件反射ってやつだ。

「真ん中よ！　真ん中がいいわ。ねえ？　じゅーぼくもそう思うでしょ？」

「お嬢様のお心のままに」

「そうじゃないわ。じゅーぼくが、どう思うかよ！」

「良いと思います」

「知ってるわ！」

じゃあ訊くなよ。

お嬢様が頭につけた花弁を取り除きながらの会話だ。

それが終わると、飛び跳ねるように再び駆け出すお嬢様。

……あーあ。久しぶりに服が汚れるな。

「それでは私達も……どうかされましたか？」

お嬢様の後を追おうとバスケットを持ったメイドに目を向けると、何故か顔を赤くして一歩距離を取られた。

「わ、わたしは大丈夫なので！」

いや大丈夫ってなんだ。大丈夫なわけねえだろ。お嬢様の後を追うのが仕事だ。

取られた分の距離を詰めると、再び一歩距離を取られた。

うん？　なんだこれ。

見つめ合うのも数秒。直ぐに視線を逸らされる。

リアディスさんの顔は益々赤くなっていく。

「あわわわわ?!　お嬢様、待ってくださいー！」

微妙な沈黙を経て、リアディスさんがお嬢様を追って駆け出す。

……なんだったのだろうか？

お嬢様は花畑の真ん中で、再び寝転んで笑い声を上げていた。


バスケットの中身はサンドイッチだった。

食パンに厚く切られたハムと野菜を挟んだ一品。味に変化を持たせるためなのかケチャップやマスタードも掛かっている。食べやすいように半分に切られた三角形のサンドイッチがバスケットの中にぎっしりと詰まっていた。

「食べよう?」

そう言って自ら摑んだサンドイッチを差し出してくるお嬢様。

反対の手では既に自分の分を口にされている。

行儀が悪いと叱ってくれる筈のメイドは気絶中だ。

俺はといえば、お嬢様が座る場所を確保するために敷物を広げている最中だった。

どうやら片手での作業だったので待ちきれず、食べ始めてしまったらしい。

「……これはどうしましょうか？」

せっかく広げた敷物を指す。

敷物なんかブっちぎって花畑に堂々と座っているお嬢様たちに、従僕の労働の成果をどうするか訊いてみた。

「ベレッタを寝かせときましょう」

お嬢様のくせに名案じゃないか。

「畏まりました」

ゆっくりと慎重にベレッタさんを降ろす。

もし抱き上げている最中に目覚められたらシャレにならなかっただけに、安心も大きい。

よし、これで……。

「じゅー、ぼく」

一息ついて立ち上がった俺の服を、お嬢様がクイクイと引っ張ってくる。

振り向くとモゴモゴと口を動かしているお嬢様。

「はい」

再びサンドイッチを突き出してくる。

「お茶も入りましたよー」

お嬢様から視線を上げれば、リアディスさんがお茶の注がれたカップをバスケットの周りに並べていた。

その数四つ。

誤解しようがない。

これは……同席して食べろ、ということなんだろうか。


お嬢様と一緒に食べることは初めてではない。

もう何度目か。

しかしお嬢様に出されている物を従僕が食べる。

これがよくない。

従僕の適当料理をお嬢様が召し上がることも不敬だが、主人が所望されたのなら仕方がない。

だが主人に供された物を従僕が食べるというのは、許されない。

死ぬ。


さすが魔物が済む森だぜ。危険がいっぱいだ。

しかし俺はこれに返す言葉を持っていた。

余裕の表情。

この役目をくれたのはお嬢様だ。

文句はご自分にお願いします。

「お嬢様、私には近衛としての責務がございますので。周辺の監視と警戒を行おうかと」

「別にいいわ。食べましょう？」

いいわけねえだろ。

余裕の表情のまま固まる従僕にサンドイッチが突き出される。

正直、あのビリビリする剣より怖い。

「いただきます」

ニッコリと笑って受け取る。

「従僕、行儀が悪いわ。あっちで座って食べましょう?」

「ではそのように」

こんちくしょう。

お嬢様に促されるまま、バスケットを置いたところに車座に座る。

どっちが上座がわからなかったので、リアディスさんの隣に座った。

するとどうしたことか、座る位置をズラして少し距離を取られた。

思わずリアディスさんを確認するも、その表情はニコニコしている。

先程までの顔の赤さも既にない。

変なところはない。

気のせいか。

下賤な生まれのくせに同席してんじゃねえよ、と思われたのかと。

しかし油断してはいけない。

こう見えて、この方たちは貴族様なのだから!

「ねえ、食べ終わったらなにして遊ぶ?」

「ふふふー。どんとお任せくださいー！　山での遊びならー、一通りこなして生きてきましたからー。川遊びに、採集、たき火、なんでもできますよー」

貴族様？

「すごい」

「でしょー？」

「木登りも？」

「あー、木登りはちょっと……。わたしも女の子ですからー」

「そっか」

ああ、やはり。

お嬢様って奴は目を離すと木に登るのだ。

油断できない。

「じゃあ、木を引っこ抜くのは？」

「あー、木を引っこ抜くのはちょっと……。わたしも……なんて言いました？」

「そっか」

ああ、やはり。

お嬢様って奴は直ぐに木を抜けと命令したがるのだ。

油断できない。

「え、あのー、……ええ？」

話し掛けてきたくせに、サンドイッチを食べるため会話を中断したお嬢様をリアディスさんが困惑しながら見つめている。

お嬢様、マイペースですからね。

俺も手にしたサンドイッチを一口で食べる。お嬢様の視線が『なんで食べないの？　わたしがあげたサンドイッチ食べないの？』と言っている気がしたからだ。

注がれたお茶も飲み干す。

「おいしー？」

それに手を止めてこちらを見ていたお嬢様が、味の感想を訊いてくる。

「ええ、今までに味わったことのない美味しさです」

死の味がします。

「もっと食べていいのよ？　いっぱいあるの」

いやだな、俺の命は一つですよ？

「なんでこんなにあるんでしょうかー？　わたし、そんなに食べると思われてるんですかねー？

失礼しちゃいますー」

倒れているメイド様も数に入れてあげて。


馬車の中で小腹を満たしていたお嬢様方は、早々に食事の手を止めてお喋りに興じ始めた。

それはいつの間にか花冠を作る作業へと変化した。

リアディスさんが作れると言って、お嬢様がやってみたいと答えたからだろう。

楽しそうにお喋りしながら花冠を作る貴族様たち。

従僕の前には大量のサンドイッチ。

……どうすんの、これ。

食べるべきや否や。

残すのも不敬、しかし残さないのも不敬。

チラリと丸くなって眠るベレッタさんを見る。

食べろと言われれば食べれる。しかし未だに食事をしていない貴族様がいるのに、全部食べてしまってもいいのか？

……保留で。

ベレッタさんが目を覚ませば解決するしな。

とりあえず、何がおかしいのかわからないがクスクスと笑いながら花冠を作るお嬢様たちを見守っておこう。

こういうことをお嬢様と俺はしなかったので、中々新鮮な光景だ。

まず公爵邸に、こんなに大量の花がなかったこともある。

まああったとしてもやらなかっただろうことは置いておいて。

——お嬢様も女の子なんだなぁ……とか思ってしまう。

「従僕」

「はいお嬢様」

「どう？」

自分で作った少し歪《いびつ》な花冠を被って見せてくる。

そっちな。

ちょっと冷や汗が出た。

なので正直に言った。

「驚きました」

「でしょ！　……なんで？」

首を傾げるお嬢様に傾げ返す。

「ベレッタの分も作ってあげようかしら？」

「あー、いいですねー。きっと喜びますよー」

再び花冠を作り始めるお嬢様たち。リアディスさんの頭の上にも既に花冠がある。

数が合ってないな？　それじゃあ四つになりますよ？

断れる？　断れるかな？

せっせと花を繋げていくお嬢様たちを見て思う。

勘弁して欲しい……。

そんな従僕の願いが、珍しく神様に届いたのか――


森の奥からこちらに向かってくる大きな気配を察知した。


そうじゃない。違う。もっとあっただろ？

言いたいことは色々とあったが、いずれ対面した時に取っておこうと思う。

下手したら直ぐだ。

従僕が徐《おもむろ》に立ち上がり花畑の奥に歩いていくのを見咎めたお嬢様が、花冠を作りながらついてくる。

おい神。

これじゃ逃げられないじゃないか。二つの意味で。

「どこにいくの？」

天へ。

「トイレです」

「そう」

お嬢様はついてくることを止めない。

「間違えました。実は森の奥から何かがやってきます。危険なものだったらいけませんので、ここは近衛にお任せを」

「そう」

お嬢様はついてくることを止めない。

どうしたらいいのか。

奴隷の経験しかない俺にはわからない。

とりあえず足を止めた。もう離れる意味がないから。

……ほんともう。

黙々と花冠を作るお嬢様を見ながら、気配を待つ。

やがて地響きと共に森の木々をへし折りながら、小山のような大きさの黒々としたものがやってきた。

そいつの全容は、森の暗さに邪魔されて花畑に出てくるまでわからなかった。

それは——森のどの樹木よりも高く、分厚い毛皮を持つ黒い獣だった。


どんな剣より大きく鋭い爪と牙。

見る者を居竦ませる赤い瞳。

その餓えを表すように垂らされた涎《よだれ》と圧倒的なまでの威圧感が、己は狩る側だと主張している。

森の王者。

「クマね」

「熊ですね」

漆黒の毛皮を持つ————小山のような熊が現れた。


ちょっと焦った。

魔物かと思ったから。

なんだ、ただの熊か。

「初めて見るわ」

「実は私もです」

見ると聞くとじゃ違うこともあるというが……予想より大きい。従僕の背丈より頭二つ分ぐらいの大きさだと想像していた。奴隷の皆が大きい大きいと言うだけはある。

確かにデカい。

と、そんなことを考えていたせいか熊がその大きさをアピールするように立ち上がった。

四つん這いの時点で森のどの樹木より高かったというのに……。

立ち上がると、更に高くなった。

見上げるばかりだ。

「クマって立てるのねー」

「勉強になります」

感心したように息を吐き出す主従に背後から声が掛かった。

「な……な?!　なななな、なっ！」

振り向くと、リアディスさんが花畑に埋もれるように座っていた。

未だに眠るベレッタさんの頭には花冠が。

「怒られますよ?」

「な！　ちがっ！　ま、まえ?!」

わかってますって、熊でしょ?　見えてますから。大丈夫。

ただの動物です。

本来なら脅威を覚える場面かもしれない。

しかし俺に戦闘訓練をつけてくれた奴隷頭とタタルクが保証しているのだ。

俺は、『熊ぐらいなら軽く倒せるぐらいの実力がある』と。

二人が言うには、『大したことない』『見掛け倒し』『デカいだけの毛玉』『楽勝』『何匹も狩ったことがある』『息がくせー』と、そんなところ。

こと戦闘に於いて、あの二人は信頼できる。

仕分けとか数字に於いては全く信頼できないが。大雑把が過ぎる。数を訊いたのに『大体こんぐらい？』とか手で大きさを示されたことがある。


ともあれ。

熊ぐらいでオタオタするなんて……やはりリアディスさんも貴族のご令嬢なんだなぁ……。


「ガアアアアアアアアアアアアア!!」


自分を無視するなとばかりに熊が咆哮を上げた。

ビリビリと空気を震わせる咆哮は、それだけで木々や花に衝撃を送り、木の葉と花弁を空へと舞い上げた。

その音に驚いたのか、お嬢様が突然、花畑の中に顔を埋めた。

顔だけ。

背中は丸見えだ。

……それじゃ全然隠れられていないんですが……。

呆れ顔を浮かべる従僕を余所に、お嬢様はそのまま蛇行するように走り出した。

お嬢様は昔から奇特なところがおありになられ……もしかして、逃げてますか？

熊から逃げるにしても頭を上げればいいのに。

そんなに怖かっただろうか……ああ、そういえばお嬢様も貴族のご令嬢でしたね。

「従僕」

「はいお嬢様」

何も思っておりません。

「やっつけて」

「畏まりました」

至極全うな命令だ。

そんなのいつ以来だろうか。


再び熊を注視すると、丁度こちらを攻撃しようと前脚を振り上げているところだった。

咄嗟に片手を上げて防御を固めた。

受け止めたところで反撃をしようと考えてだ。

悪いな熊。恨むならお嬢様を恨め。

……熊肉って美味いのかな？

そんな呑気なことを考えていたせいか、見た目に似つかわしくない速さの一撃が飛んできて
――森の中までふっ飛ばされてしまった。

どこか熊を軽く見ていたせいで踏ん張っていなかったからだ。

いかん！

細い木や枝をへし折りながら地に足をつけて勢いを殺す。

体が止まるよりも早く地を蹴って元の場所へと駆ける。

地鳴りと噴煙を撒き散らしながら花畑に戻る。

時間にして数秒と掛かっていないだろう。

しかしこれは失態だ。

チラリと視線を流してお嬢様を捜すと、未だに顔を埋めたまま花畑を蛇行していた。

いよっし！　大丈夫。これは全然オーケー。問題ない。報告の必要もない。だって問題じゃないんだから。未だ怪我人も出ていないのだから。

受けた一撃を誤魔化すように、音を立てて走る従僕に驚いている熊の横っ面まで飛び上がりお返しを見舞う。

おらぁ！　間接的に死にかけたじゃねえか！

顔周りは毛皮も薄いのか、従僕の一撃に頬をたわませた熊の体がズレる。

しかし体勢を崩しながらも熊は直ぐに反撃してきた。

上から下へ、撫でるような攻撃だ。

しかしその勢いは凶悪。

空中に浮いていたために避けられず、先程森へと飛ばされた時以上の勢いで花園に落ちる。

今度はきちんと踏ん張り、花畑の地面に無数の轍を走らせて着地に成功する。

千切れた草花が舞い、黒土が露出する。

熊も着地を予想していたのか、噛みつこうと連続で攻撃を仕掛けてくる。

迫る大剣よりも大きな牙を殴ってへし折る。

「グガアアアアアアアアアア?!」

痛みに仰《の》け反る熊の脛の辺りを殴り飛ばす。

するとお返しとばかりに爪が飛んでくる。

やっぱり場所を移しておいて良かった。

ここならお嬢様たちに影響もないだろう。

花畑はダメになるが。


しばらく、ズシンズシンと地を震わせるような音が断続的に響いた。

熊との殴り合いが長引いたからだ。

それも熊が倒れたことで終焉を迎えた。

荒れ果てて地肌が剥き出しになってしまった花畑だった場所で息を整える。

熊への注意は逸らさない。

本当にへばっていることを確認すると、横倒しになった熊の心臓があるであろう胸の辺りまで警戒しながら歩く。

熊の爪や牙は所々が折れて各所に血が滲んでいる。片目は潰れ吐く息も弱々しい。殴られた頭も凹み、既に動くことができずにいる。

しかし生きている。

お嬢様が近くにいるのだ。トドメは必須だ。

でなければお嬢様《あの餓鬼》は何するかわからないから。

右手の指を真っ直ぐに伸ばし、親指だけ軽く曲げて手刀を形作った。

腰だめに構えたそれを、全力で熊の胸へと突き入れる。

余波が心臓へと到達し大量の血が吹き出し、最後にビクリと一際大きく震えてから、熊は息を引き取った。

……はあ。終わった。

軽く倒せなかったところを見るに……。

どうやら体がなまっているようだ。

無理もない。奴隷業から離れてだいぶ経つ。

しかも仕事の内容のほぼ全てがお嬢様の相手だ。

精神的には鍛えられていても肉体的には衰えが目立つのも仕方……。

「従僕」

精神が充実していれば肉体なんてどうでもいいですよね、はい。

「はいお嬢様」

「……どこかしら？　出てきてー」

嫌です。

「畏まりました」

いつの間に近くまで来ていたのか。熊との殴り合いに集中していたため気付かなかった。

いや来るなよ。

熊が息を引き取る際に、従僕はその巨体に埋まってしまった。支える力がなくなってしまったからだろう。これは仕方ない。

しかし吹き出した血を浴びてベトベトになっている。

これがマズい。

どうすんだよ。万が一にも飛沫がお嬢様に掛かろうものなら打ち首だ。いやいや待て。お嬢様だって従僕が汚なかったら近寄ってこない……筈がないな。奴隷にお話をせがみに毎日のように来ていた方だ。

しかし昨今は淑女としての振る舞いにも定評があるお嬢様だ。

もしかしたら『まあ?!　なんて汚らわしい従僕なのかしら！　近寄らないで！　お父様にお願いして、代わりの近衛を送ってもらわなくっちゃ。聞こえた？　お前はもういらないわ。ああ、なんなら奴隷に戻してあげましょうか？』とこう。

あると信じている。

熊の巨体から抜け出し、お嬢様の後ろ姿を確認した。

その場で控える。

キョロキョロと従僕を捜しているようだ。

だからといって近付くわけにはいかない。

「お嬢様」

声を掛けたことでお嬢様は気づかれるだろう。

頭を伏して待つ。

できれば近寄らないで。

「あ、従僕」

トコトコと近寄ってくる足音が聞こえる。

なんら躊躇がない。

下手したら血反吐の塊みたいに見える筈なんだが？

「従僕、見てみてー」

お前が見ろ。ちゃんと見ろ。

従僕か？

いやヘドロだ。

「はっ」

しかし主人が見ろと言うのなら見るのが従者。

なんだよ？

「拾った」

「は？」

お嬢様が突き出してきた物を見て、思わず心の内が漏れた。


クリクリとした金色の瞳にフワフワの白い毛並み。

お嬢様は子犬を拾っていた。

興奮しているのかブンブンと尻尾を振っているが、お嬢様の手の内に収まって大人しくしている。

どうやら既に上下関係はできているらしい。

花畑に顔を突っ込んで迷走していたのも、それが理由か。どうりで。お嬢様に少しでも人並みの感性を期待した俺がバカなのだ。ちくしょう。

もちろん、もちろんだ。

もちろん――俺が思わず声を漏らすという失態を犯したのは、お嬢様が人並みの感性を持ち得ていなかったからではない。

そんなことは知っている。

驚きは、見ろと言われた子犬を見たからだ。

俺はお嬢様の前だというのに、目を擦ってもう一度お嬢様が抱かれている子犬を見た。

確認だ。

子犬は、白いフワフワの毛並み、金色の瞳、そして――額に骨っぽい質感の小さな角が生えていた。

魔物である。

……近衛の仕事の範疇には、主人の脅威になりそうな存在の排除というのも、もちろん入っているだろう。しかしそれは副次的な仕事であり、本来は主人を危険から守ることこそが、その本懐であると思われる。

危険、抱きしめちゃってるんですけど。

……俺、この仕事続けていく自信がなくなっちまったよ、奴隷頭。

「拾ったの」

気付いていないのか従僕の失態を無かったこととしてくれるのか、再びそう言ってくるバカ。

どことなく得意そうだから、実は自慢なのかもしれない。

いつもの返事を待っているのだ。

「左様でございますか」

ジッと見つめてくるバカと魔物。共に殲滅対象だ。

さすがに「それはようございました」とは言えないんですけど？　まだ何か？

「飼うわ」

「バカ抜かせ」

「お嬢ーさまー！　ご無事ですかー？　シェリー、お嬢ーー、さまーーーー！」

リアディスさんの叫び声が被ったおかげで、従僕の命は助かった。

聞かせてやろうかな、って気持ちもなくはなかったが。

従僕の声が聞こえなかったからなのか、不思議そうに首を傾げていたお嬢様だったが、リアディスさんの叫びに答えるために振り向いて声を上げた。

「大丈夫よ、リア！　リアも大事ないかしら！」

「たーてーまーせーーーんっ！」

「そう。大丈夫みたいね」

どこが？

なんで駆け寄って来ないのかと思ったら、腰が抜けているのか座ったままで大きく手を振るリアディスさんが見えた。

「行きましょ、従僕」

「はいお嬢様」

言われるがまま、お嬢様が歩き出したのでそれに三歩離れてついていく。

思考放棄だ。

今、ちょっと何も考えたくない。

ある程度の距離が縮まると、どうにかして動こうと思っていたリアディスさんもこちらを確認して安堵の表情を浮かべた……。

「よ、よかったですー。お嬢……さひゃあああああああああああ?!」

ほら見ろ。魔物なんて抱きかかえているから。

あたふたと逃げ出そうとしているのか再び動こうと努力し始めるリアディスさん。

それにお嬢様が従僕を指差しながら声を掛ける。

「落ち着いて、リア。従僕よ」

俺の方でしたか。

「へひゃあああああああ?!」

どういうこと？


リアディスさんが落ち着くのに少し時間を要した。

「め、めんぼくないですー」

「いえ。私の方としても失念しておりました」

お嬢様が平気そうなので、うっかりしていた。

つまりお嬢様が悪い。

リアディスさんからは、一歩踏み出すごとに花畑を汚染させる血の塊のように見えたという従僕。

そういえば血まみれ。

しかも熊の血は獣臭い上に粘性が高くドロドロ。

新手のモンスターと間違われても仕方がないだろう。

お嬢様が魔物飼う発言などされるから、それまでは気をつけようと考えていたことがフッ飛んでいた。

つまりお嬢様が悪い。

互いに頭を下げ合う従者。今度はきちんと距離を取っている。

俺に至っては顔の部分だけ布で拭って綺麗にした。

そうでしたか。顔も真っ赤で判別できない程でしたか。

チラリチラリとこちらを窺うリアディスさんには、少し怯えが見える。

ヘドロが近寄ってくるのが余程のこと怖かったのだろう。

夢に見ないといいが……。

「あはは、待て待てー！」

そして悪いお嬢様は魔物を放しては捕まえてを楽しんでいる。

鬼畜か。

捕まえられる魔物に同情しそうだ。

ストレスがなくなって良かったですね。こちらはお嬢様が発散した倍は請け負っていますが。

「捕まえた！」

花畑から顔を上げたお嬢様の手には白い子犬が収まっていた。

「ワフッ、ワフッ！」

その子犬がお嬢様に向かって吠える度に、従僕は汗を垂らしてビクリビクリと震える。

もし今、その吠え声と共に火でも吐かれたら間に合わないだろう。

この世から悪が一つ潰える代償として従僕の命も共にするというだけだ。承服できない。

態なんか相手にしている場合じゃなかった。

なんでこいつは文字通り危険に首を突っ込んでいくのか？

勘弁してほしい。

「………あれ、お嬢様ー？」

そこでようやく。

従僕を警戒の中心に置かれていたリアディスさんが、お嬢様が手にされるそれに目を向けた。

余程動揺していたんだな。

無害な従僕に警戒して目の前の魔物にも気付かないなんて。

「……何をー、抱いてるんですかー？」

「拾ったの」

「はあ」

「飼うわ」

「…………………うええ?!　ダ、ダメですよー。ツノ、ツノがありますよー！　魔物なんじゃないですかー？　……多分」

もっと言ってやって。

「平気よ。大人しいもの。ほら、触ってみて」

「ワフッ」

「うう……。あ、もふもふですー。大人しいですねー？　まだ子供だからですかねー。こうしてると子犬と変わりませんがー、どう見てもナイトウルフの変異種……いえ希少種といったところですかねー？」

「ウルフ？」

狼？

リアディスさんの膝の上で、大人しく撫でられるがままになっている白い子犬に、お嬢様と従僕の視線が集う。

「はいー。群れで行動する魔物でー、黒い毛皮と赤い瞳を持ってますー。ボス格になると、水晶でできたツノがあるそうで……あれ？　うーん、でもこの子のツノはー、水晶っぽくないですねー？」

グリグリとツノを弄《いじく》るリアディスさん。そこまでされても、膝の上の魔物は暴れることがなかった。

チッ。

「……希少なの？」

はっ?!　いけない！

「はいー。多分、すごーく珍しいと、思いますー。わたしもー、ナイトウルフは見たことあるんですがー？　この子みたいなのは見たことないですからー」

あああ……。

時既に遅く、その魔物が珍しいとお嬢様が知ってしまった。

せめて血まみれでなければ、一瞬の躊躇は生まれず会話に入っていけたかもしれないのに。

無害で有益な生まれたてのスライムは即殺されるのに、何故希少というのならそれだけ危険だと思われる魔物を手元に置きたがるのか。

バカかよ。知ってるけど。

むんずとリアディスさんが撫でていた子犬を抱き上げるお嬢様。

「名前を……決めないと！」

これは変更できない道へと突入してないか？

いや待って。待ってバカ。頼むバカ。

魔物、魔物だよ？

それ魔物なんだよ？

お嬢様、頼むから……！　ほんともう二度と勘弁って思わないから……！

「……う、うぅん……」

従僕が暗澹とした気持ちに包まれつつあったそこで、一つの光明が目覚めようとしていた。


はいキタ勝てる。

お嬢様が腰を降ろす予定とあって、その白い敷物の寝心地が良かったせいか中々に目を覚まさないベレッタさんだったが、さすがに目の前で発せられる誰とは言わない餓鬼のキンキン声に耐えられなかったのか、その瞼が震え出した。

いつもはシャキッとした雰囲気を醸し出しているベレッタさん。

しかしゆったりと上半身を起こし、その望洋とした視線を花畑へと送る様からは同一人物であるイメージが皆無だ。

今は寝起きであるためか髪が緩く解け、頭の上に載った花冠から舞い落ちる花弁と共に風へと流している。

意外だ。

これは……寝ぼけてる？

いや、間違いない。

なにせ軽く口を開けてボケッとしている様なんて初めて見る。

いいえ、従僕は何も見ていない。

これは見てはいけない類いのものだ。ピンときた。

ここにいるのはヘドロです。

「あー、やーっと起きたんですねーもー。なんていうかー、ほんとに朝はダメですねー、レッタはー」

既にお茶の時間に近いんですけど？

「…………りあ」

「そうですよー、リアですよー？」

リアディスさんの声掛けに反応して、ベレッタさんはゴシゴシと目をこする。

お嬢様も俺も無言だ。


いけない。ここは死地だ。なんとかして脱出しなくては。

ジリジリと座ったまま後退りするヘドロ。

「…………りあ……水……」

「はいはーい。わたしにお任せあれー」

しかし従僕が逃げ切る前に、状況は変化した。

リアディスさんが、いつの間につけたのか指輪を嵌めた左手を振ると、拳大程の水球が生まれフヨフヨとベレッタさんの眼前まで移動した。

その不可思議な現象にベレッタさんは慣れているのか、なんの躊躇《ためら》いも見せずに水球に手を突っ込み顔を洗い出した。

「……りあ、たおる……」

「ポケットにハンカチが入ってますよー」

未だに動けないリアディスさんがそう言うと、ベレッタさんが大人しく従いポケットをまさぐる。

いつもとは逆の光景だ。

水びたしになった顔をハンカチで拭くと、ベレッタさんは幾らか瞬きをしてその瞳に理性を宿していく。

「……………………な、な、なっ?!」

そして驚愕へと変化させていく。

そのままガバッと立ち上がったと思ったら、周りの景色を見渡して顔色を青く変え、再びゆっくりと腰を降ろした。

「おはようございますー、ベレッタさまー」

「おはよう、レッタ」

茫然としているベレッタさんに、リアディスさんとお嬢様が声を掛けた。

従僕には皮肉にしか聞こえないんだけど、きっと貴族には意味のある挨拶なんだろう。うん、きっと。

ここからお嬢様の表情は見えない。どんな表情をしているのか見えない。従僕にはわからない。

しかしかろうじてリアディスさんの表情は見えた。

ニヤニヤしている。

ともすれば、お嬢様の顔を見て驚いているベレッタさんの気持ちも察せる。

「お！　……え、な、あ……リア！　………ディス。リアディス。これは？　なんでお嬢様が……いえ……ここは？　…………お嬢様?!　それは?!　近衛！　近衛はどこですか?!　お嬢様に魔物が……いえ、お嬢様が魔物を？　…………何をされているのですか？」

やめてやれ。

安全だと教えたいのか子犬をベレッタさんに差し出すお嬢様。

ただでさえ混乱しているのに情報過多だぞ。

「こ、近衛！　近衛は何をしているのです！　お嬢様に魔物が襲い掛かっているというのに！」

そういう風に落ち着いたらしい。

実質は逆だ。

なんとなくこの後の展開はわかるんだが、呼ばれているのに応えないわけにはいかない。

「ここに」

「何をやって、きゃあああああああ?!」

もぞりと動いたヘドロに、ベレッタさんが悲鳴を上げた。

「事情はわかりました……」

青い顔のまま、敷物の真ん中で鎮座するベレッタさんに、未だ花畑を汚染し続けるヘドロが頭を下げる。

簡単な状況説明をした。

従僕がこんなになっているのは熊を撃退したからで、お嬢様があんななのは元からという簡単な説明だ。

言わなくてもいいことは言っていない。

あの小山のような熊なんて、息絶えて横倒しになっている時点で説明は不要だろうし。

お嬢様の悪口は従僕の命に直結だろうし。

ベレッタさんの汚物を見るような視線も仕方ないと思う。

間違っていないわけだから。

「何故こんなことに……」

髪を結い直したベレッタさんが、眉間に寄った皺を指で揉みながら息を吐き出す。

自分の中で整理がついたのか、踏ん切りをつけるように目を開き従僕を見てくる。

「私をここまで運んだのはリアディスですか？」

「お嬢様のご命令で……」

俺が、とは言わない。

「はえ?」

サンドイッチの残りを食べ始めていたダメな方のメイドが、驚いたようにヘドロに視線を飛ばしてくる。

お願いします……!

「どうしました?」

「……いえー、なにもー。……そうですよー? わたしが運びましたー。とっても重かったので、お腹が空きましたー」

バスケットを、という言葉が抜けているだけですね?

ありがとうございます。

視線で謝意を示しておく。

通じたかはわからないが。

こっちのメイド様は緩くない、緩くないのだ。

もし従僕が抱えて運んだなんて知れようものなら、『では罰として、私に触れた部分を切り落としなさい』とかなんとか言われて両腕を持っていかれてしまうのだ。更には『あらあら。それでは近衛の仕事に支障をきたしてしまいますね? 安心していいですよ。あなたの後任など幾らでもいますから』などという理由で処分すら検討されかねない。

処分も表向きは罰を与えている最中の事故と処理されるに違いない。

貴族様って怖い。

しかしなんとか乗りきった。

あとは魔物を追い詰めるのに喜びを見いだしている悪魔にビシッとよろしくお願いします。

「そのリアディスがこれでは……帰る手立てがないじゃないですか」

………え？

うぅん？　何故だ。

普通に、歩いて帰れば問題ないと思う。

さすがにヘドロがリアディスさんを背負うわけにもいかないので、そこはベレッタさんに頑張って貰おうと思っていたのだが……。

いやそれより、帰りの心配から入るのはおかしい。

いつものベレッタさんらしくない。

まずは淑女らしくない笑い声を上げて魔物を追いかけるのに夢中なお嬢様を窘め、その後で魔物の処分を従僕に投げてくるまでがいつもの対応だろう。

それに、どうしてもリアディスさんを背負いたくないというのなら、回復するまで待てばいずれ歩けるようになる……。

そもそも。


——どうして気を失ったのだったか？

お嬢様のイタズラに驚いたせいだと思っていたが……。

……嫌だな。嫌な予感がするのが嫌だな。

「……最悪、あなたでも仕方ありませんでしたが……そのありさまじゃ……大体リアは知っているくせに……なんで……お嬢様に言っておけば……しかし……」

ブツブツと呟くベレッタさんは顔を上げない。

ヘドロを視界に入れたくないからだと思っていたのだが、どうも様子がおかしい。

なんだ？

ベレッタさんは緊張しているように見える。

それは——魔物がいる森の中なのだから仕方がない、と思っていたのだが……。

従僕の疑惑の眼差しに気付いたベレッタさんが、珍しくビクリと過剰に反応する。

おかしい。

それを見かねたリアディスさんがフォローを入れる。

「大丈夫ですよー。人間誰しも、苦手なものの一つや二つ……十や二十ありますってー」

多くね？

いや、うん……？　苦手？

誰が？

何を？

もしかしてヘドロが苦手？

このままでは埒が明かないと思ったのか、やや挑みかかるような口調と、斬り込むような視線でベレッタさんは従僕の疑問に答えた。

「わ、私は虫がダメなのです！　一刻も早く、ここから帰る必要があります！　いいですね?!　わかりましたか?!」

…………。

は?!


憤るベレッタさんの向こう。

花畑の隙間から、悪魔がこちらを見ていた。


ガサッと、花畑から飛び出されるお嬢様。

それは茂みから飛び出してくる、いつものお嬢様を連想させた。

つまり従僕の罰への予兆。

頼むから余計なことしないでほしい。

割と切羽詰まってるから。

状況の把握だ。

リアディスさん、動けない。ベレッタさん、動けない。従僕、血まみれ。お嬢様が元気。

やべー。

小山のような熊の死骸が横たわっているせいなのか、森にある他の気配は近付いて来ない。

おかげで邪魔が入らない。

やってきて緊急事態。頼む。

お嬢様が獣を抱えてベレッタさんに近付く。

「ねえ、レッタ？」

「お嬢様……その呼び方はリアディスがふざけて付けた略称です。真似されませんよう」

「あのね、レッタ」

「お嬢様……」

そこでベレッタさんの視界に入るようにと、抱えていた獣を突き出す。

敷物の一点を見つめていたベレッタさんの視界に、小首を傾げる白い子犬が映った。

しかし本物メイドと名高いベレッタさんは、どこぞの偽メイドと違い嫌悪感で顔を歪めるという正しい反応を返した。

そんな反応など知らないとばかりにお嬢様が続ける。

「拾ったの」

「そうですか。では捨てなくてはなりません」

惚れそう。

「飼うわ」

「なりません。元あった場所に帰してきてください」

一生ついていきます。

ビシッと森へと突きつけられた指に、お嬢様は不満そうに頬を膨らませる。

それに対してベレッタさんはというと――青い表情で斜め下を見ていなければ、従僕的には最高にキマっていたと思います。

森なんて虫の宝庫ですもんね。

「近衛。お嬢様を森へとやるわけには参りません。あなたが捨ててきなさい」

「はっ。では私が還しておきます」

土に。

ゴキリと首を鳴らして立ち上がるヘドロを、お嬢様は睨み付ける。

なんだよ、早くよこせよ。

フイッと拒否するように視線をベレッタさんに戻すお嬢様。

その手はポケットをまさぐっている。

「ねえ、レッタ？」

「お嬢様……だからその呼び方はおよしくださいと既に申し、きゃあああああああ?!」

お嬢様がポケットから出された虫を見て、ベレッタさんが悲鳴を上げた。

ピクニックって凄い。貴族様の悲鳴がよく上がる。

「な、なにが?!　お、お嬢様！　お、おおおお嬢様?!　やめ、近付けないで！」

ズリズリと敷物の端へと後退りするベレッタさん。

お嬢様はいい笑顔だ。

悪魔は右手に知恵を左手に力を携えて選択を迫るという。

まんまじゃないか。

どちらを選んでも選ばなかった方への渇望と後悔が付きまとうと言われる一節だ。

ベレッタさんの口調に思わず思考が彼方へと飛ぶ。

だって絶対に聞いたらマズい口調だ。

初めて聞く、平民なんぞに聞かせられない声音だ。


「ねえ、レッタ？」


繰り返される問い掛けは、しかしここにきて別の響きを伴って聞こえる。

あのお嬢様怖い。

ゆっくりと敷物へとその一歩を踏み入れる悪魔。違った。くそ餓鬼。

まだ距離があるというのにベレッタさんは固まってしまった。

いつ気絶してもおかしくない様子だが、それでも意識を留めている理由は、お嬢様が手に持つ虫の行方が気になるからだろう。

目を見開いて凝視している。

虫も、期待に応えんとクネクネとしきりに動いている。いや単に逃げ出したいだけか。

わかるー。

「ねえレッタ。わたし、これも拾ったの。どちらかを飼おうと思うの。別に変な話じゃないわ。学園の他の子も鳥や猫を飼っているらしいし。でも貴人はペットの世話を自分で行ったりしないものだって、社交の場で鼻持ちならない化粧臭い女が言ってたわ。ううん、それを肯定したいわけじゃないの。

でもね？　レッタは反対するでしょう？　ペットの世話は従者の務めだって。わたしも、従者の仕事をとりたくないの。だから考えたの。虫の世話だったらメイドに、この子の世話だったら従僕にやって貰おうって」

　おい。

「な、ななな、なんで……」

　ベレッタさんは目尻に涙を浮かべるという、普段の様子を知っている者からしたら嗜虐心を刺激するような表情で問い返した。

　ああダメだ。

「ほんとは、この子を飼いたいの。飼いたいのよ？　でもレッタがダメって言うなら……諦めるわ。諦めて――この虫を飼うことにする」

　グイッと虫を持った手を突き出してまた一歩。

　お嬢様も大分メイドに慣れてきたなあ。

　被害が従僕を超えるのだから。

「ちょっ、あの、見せ、見せないで！」

「ねえ、レッタ。どっち？　どっちを森に、捨てたらいい？」

「……」

　顔の前に手を広げて汗を掻いているベレッタさん。

　僅かながらの沈黙。

　しかし従僕にはわかった。

こりゃ負けだと。

「………魔術師の中には、使い魔を使役する者もおります。猫や鳥、ある国には竜すら使い魔にする魔術師もいるとか。……い、いいと思います、私は。お嬢様が……その、犬を使い魔にしようとも。自然……とても自然です。ええ、自然……」

「そうよね！　ありがとうベレッタ！」

笑顔で頷かれたお嬢様は、そのままトテトテと従僕の下まで歩み寄り、虫を突き出してきた。

「従僕」

「はいお嬢様」

「ベレッタが怖がるといけないわ。森に、逃がしてあげて」

「畏まりました」

「それと、この子を飼うことにしたの。世話は従僕がするのよ？　仲良くね？」

くそったれ。

「承りました」

そこにいるのは勝者と敗者だった。

俺はお嬢様から虫を受け取ると、踵を返して森へと赴き適当な枝の上に虫を放った。

ジーコ、ジーコと体をクネらせる虫を見て溜め息を吐き出す。

……良かったな、お嬢様から逃げられて。

「従僕！　あそこ！　あそこに登ってみたい！」

必死で枝を進む虫を羨んでいると、背後からお嬢様の声が掛かる。

振り返ると、お嬢様が白い子犬を引き連れて小高い丘の上へ――いや熊の死骸へと走っていくところだった。

ここらで勘弁してくれるとありがたい。

二度とピクニックには行かない。

ああ二度と。

メッセンジャー・アレン

換金を済ませ、そそくさとギルドを出る。

……騎士団と共に活躍した時は変装をしていたからか、噂になっている程の注目を浴びることもないが……。

「おい、見たかよ？」

「ああ、見た見た。すげぇよなぁ？　あんなことできんのは、それこそ二つ名の付いてるスキル持ちか魔術師ぐらいのもんさ」

「どっちも化け物だ」

「ちげえねえ」

露店から聞こえてくる会話にギクリとする。

俺の勘違いでなければ、話されているのは壁の大穴のことだろう。

そう、俺が空けたことになっている。あの穴だ。

……現実感がなかった数日を超えてしまえば、冷静になった自分の耳に、尾ひれ背びれのついた噂が嫌でも入ってくる。

曰く、銀髪の美丈夫。

曰く、金髪の大魔導師。

曰く、天を衝くほどの大男。

なんでそんなことに、と思わなくもないが……噂なんてそんなものだ。

形を変えて面白おかしく広まっていく。

それは構わない。

公爵家の考え方に沿うものだ。

……ただ、色々と期待されても困るのだ。

「出てこい、アレーーーーンッ！　貴様の実力、この『落門』のバイザム様が確かめてくれる！

どうした？　臆したか『壁砕き』！」

突然、道の真ん中で叫び声を上げた冒険者に注目が集まる。

頭を丸めた大柄の男で、背中のハンマーが目立つ。

……またかよ。

「一時間だ！　一時間だけここで待つ！　貴様が公爵家に抱えられるほどの実力を持つというのなら、いざ尋常に！　俺と勝負しろ！」

なんでだよ。

面白い見せ物だとばかりに騒ぐ周りを余所に、フードを引っ張って深く被り、足早にその場を後にした。


こういうことが日に何度も起こる。

ギルドのカウンターで問い合わせる奴、ギルドの入り口を張る奴、街で聞き込む奴、色んな奴が俺を探している。

……当初考えていた俺の予想と違う目立ち方だ。

なんというか……目立つだろうとは思っていたが……。

しかしもっとこう……ちやほやされるというか、いやいや一目置かれるというか……なんだろう？

浮かれないようにしないと、と考えていたが。

そんな心配はいらなかった。

宿の外で飯を食っていると、俺の陰口が聞こえてきたりするからだ。

直ぐ隣の席だった。

俺の顔を知らないからと言いたい放題。

壁に穴を空けるなんてどうかと思う、できるできないじゃなくてやらない、ゴブリン倒したぐらいでいい気になっている、それくらい俺でもできる、決闘から逃げ過ぎだろ、思ってたのと違う等々。

誹謗《ひぼう》中傷、罵詈雑言《ばりぞうごん》。

挙げ句の果ては、何故か事件と関係しないことまで詰《なじ》られる始末。

途中まではムカムカと聞いていたが、最後の方になると、実は俺の顔を知っていて手を出させようと企む罠なんじゃないかと思ったほどだ。

他にもよくわからない理屈でギルド経由に決闘を申し込まれたり、一月《ひとつき》以内に大物を狩ってくるという賭けの対象にされたり。

よくあることなのか？

英雄というのは、もっと畏怖と尊敬を集める存在だと思っていただけに……。

面白くない。

心機一転頑張っていこうという想いに水を掛けられたような気分だ。

いいものではない。

街の噂が聞こえてくる度に一々ヒヤリとするし、決闘を吹っ掛けられる度に面倒だとも思う。

ほっといてくれと。

ここ数日ですっかり通り慣れてしまった裏道を進み、定宿にしている宿屋に戻ってきた。

思わず気も緩む。

だからだろうか？

曲がりなりにも英雄と呼ばれているのに――看板娘の突進を躱《かわ》せなかったのは。

「アレンさん！」

「うぐっ、がっ！」

鳩尾《みぞおち》に一撃をくらって息が詰まり、勢いのまま倒され後頭部を強打したことで視界が白く染まった。

いつぞやの同室だった奴隷が手を振っている。

『お前も来たのか？』

『……ああ』

『なに、こっちも意外と悪くない』

そうか。あちらは色々と大変だったからな。ああ、そうだ。聞きたいことがあったんだ。お前の名前――――。

「きゃああああああああ?!　アレンさん、アレンさーーんっ！　なんでいきなり寝るのよ?!　しっかりしてよ！　あたしが大変なのにぃ！」

……俺が大変になってるが？

人に安らぎを与えるのが宿屋だが、そういう意味じゃないだろ！

大丈夫かよ、この宿屋。いや看板娘。

「……エヴァ。男に抱きつくとか三年早いぞ。あと、さっさと退いてくれ。いつまで乗っかってんだ」

「はっ?!　そうだね。お金貰わなきゃ」

「なんでだ！」

倒れた俺の腹の上に乗っていたエヴァが立ち上がる。上手いこと俺が下敷きになったのか泥もついていない。

溜め息を吐き出しながら俺も立ち上がり、後頭部に手を添える。

……痛ぇ！

こぶができてるぞ！

「くそっ、こりゃ夕食のランクぐらい上げてもらわないと――」

「銀貨三枚」

「――割に合わない……だからなんでだよ！」

「そんなことないよ！　うちの豪華飯は銀貨三枚分ぐらいの価値があるよ！」

「そうじゃない！」

それ定価だろ?!

……もういい。

仕事上がりとあって既に疲れているのに、これ以上の消耗はごめん被《こうむ》る。

「とりあえず湯を一杯……いや、今日はシャワーにするか？　シャワーと、あと夕食を頼む。酒は無しで」

言っておかないと、勝手に酒をつけるからな、この宿は。

「はいはーい。お風呂と豪華飯にエールですね！　かしこまりましたー！」

「ばっ?!」

何を聞いてたんだこいつは！　というかどういう宿なんだここは?!

「そんなことよりアレンさん！」

「いや待て」

そんなことってなんだ。大切だろ？　主に俺の懐具合的に！

全部基本料金から外れてる注文だろうが！

「いいか？　シャワーと……」

「そんなことより！　聞いて！　まず！　あたしの話を！」

「……ああ、わかった。まず、話を聞こうか。まず」

その後にちゃんと俺の話も聞けよ？　いいな？　……はあ。

腕を組んで聞く態勢になった俺に、喉を鳴らすエヴァ。

その顔は興奮しているのか妙に赤い。

……なんか変な雰囲気だな。

「んっ、ぅん！　あのねアレンさん！」

「なんだよ」

「手紙の返事が書けたの！」

「そうかよ」

「お願いします！」

バッと頭を下げて取り出した封筒を突き出してくるエヴァ。

手紙の返事というのは、シェリーお嬢様から頂いた先日のあれだろう。

返信用の封筒も入っていたのか、突き出されたのは貴族が使う封筒だ。

……なんで俺に？

「何をだ？」

本当に意図がわからず、そのまま聞き返した。

「あのねあのね……アレンさんに届けてほしいなあ、って思って」

「断る」

「ああ?!　待って待って！　ちょっ聞いて聞いて！」

踵を返して宿に入ろうとする俺にエヴァが取り縋る。

「……なんでだよ。そんなの公爵家に届けるか、定期的にくる遣いに渡しとけばいいだろ？」

「だって！　そんなの読まれちゃうかもしれないじゃん！　中身見られちゃうかもしれないじゃん！」

……まあ、それはあるかも知れないが。

貴族同士ならともかく、そもそも相手が平民からの手紙じゃあ本人まで届かない可能性すらある。

いくら知り合いといえど。

「でも、変なこと書いてるわけじゃ……」

「書いてるよ！　もう変なことでいっぱいだよ?!」

「お前」

「ち、違う！　多分アレンさんが考えているようなことじゃないよ⁉　でも変なことなの！　当事者以外に読まれたくないようなことなの！　ア、アレンさんなら公爵家のお抱え冒険者だから、シェリちゃんに直接会えるかもしれないでしょ？　だからお願い！　ね？　ちゃんと依頼料も払うから～」

腰に縋りついて離れないエヴァを見ながら考える。

直接会うとなると……学園に行くということだ。

数多《あまた》ある学舎の中でも呼び声高い『トライデント』。

興味が無いと言えば嘘になる。

叶うなら一度は行ってみたいと思っていた。

中に入れないとしても。

加えて、王都で出回っている噂に嫌な思いをしていたところだ。

ここで王都を離れるのも気分転換になるかもしれない。

一日での往復はキツいかもしれないが、掛かって二、三日といったところなら……。

それぐらいなら問題はないと言われている範疇だ。

「……わかった。行ってやる」

「ほんと⁉　わお、ありがとう！　アレンさん、愛してるぅー！」

パッと華やいだ笑みを浮かべたエヴァが首根っこに抱きついてくる。

今度は助走がないから耐えられた。

「お前……そういうこと軽々しく言うな」

「うん？　何が？」

目をパチクリさせるエヴァを引き剝がして一息つく。

これだから子供は。

……ああ、そうだ。

「それと、さっきの注文。シャワーと……」

「客人」

もしやまだ有効になっているかもしれない注文を撤回しようとした俺の頭が、片手の内に収まる。

デカい手だ。

「あ、パパ」

「エヴァ。お前は仕事に戻ってろ。……俺はこの客人と話すことがある」

「そうなの？　うん、わかった」

いやわかるな。

ここの主人は筋骨隆々の巨漢で、元冒険者であるそうだ。

万力のように締まる俺の頭が、それが事実だと証明してくれる。

いつでも現役に復帰できると思う。

チラリと見上げれば、細い緑の目に短く刈り上げた髪をしていた。

髪の色がエヴァと同じで黒い。

宿屋の入り口がやけに高いと思っていたんだが……。自分に合わせて作ったんだろうなぁ……。

ズルズルと引きずられる俺に、エヴァが笑顔で手を振る。

「じゃあお風呂沸かしとくねー！　薪代よろしく～」

あれを悪魔と呼ばずして何を悪魔というのか。

少しはシェリーお嬢様を見習ったらどうだ？

アレン・学園へ

二日ほど掛けて学園へ到着した。

「……デカいな」

馬で半日程の距離を歩いて踏破して見えてきたのは、王都のそれにも勝るとも劣らない外壁だった。

それは視界の端まで続き、学園の規模を教えてくれる。

「こ、ここに入るのか……」

門へと続く馬車道を歩きながら呆然と呟き、少しばかり後悔していた。

立派な、それこそ城門とも呼べるそれに緊張してしまったからだ。

……やはり王都にあるマリスティアン公爵家の屋敷に届けるだけにしとけば良かったか？

エヴァから直接本人にと言われたことと、王都から離れたいという想いが重なって勢いでやってきてしまったが……。

……これがエール二杯って……ぼったくりじゃないのか？

しかも一杯は奪われたので、実質は一杯だ。

知り合いの誼《よし》みで受けた依頼だったが、やはりギルドを通していないものは受けちゃダメだな。

手紙を届けるだけと軽く見ていた俺にも責任があるんだろうが……。

そもそも取り次いで貰えるのか？

今更になって根本的な疑問が頭をよぎる。

不安になりながらも馬車列に並ぶ。

王都と違って、ここに並んでいるのは全部馬車だ。護衛なのか立派な鎧を纏って馬に乗っている奴もいるが……。

基本は馬車。

徒歩は俺だけ。


……身の置き所がない……！


後続に並ぶ馬車の御者が、何か不思議な者を見る目でこちらを見てくる。

この、夜に冷えないようにと買った灰色のマントが変なんだろうか？　それとも荷物か？　この剣じゃないよな？　この剣は立派だよな？

「おい、そこの者」

動揺を悟られまいと視線を斜め下に、表情を消して並んでいると、後ろから声を掛けられた。

振り返ると、立派な白馬に乗った、立派な髭を蓄えた、立派な鎧を着た騎士がいた。

多分騎士だ。

見るからに騎士っぽい。

「貴族ではあるまい？　商人にも見えぬ。この先は三国連盟高等魔術学園があるのみ。平民は入れぬぞ」
三、なに？
いやそれよりも、平民は入れない？

いやいや、そんなバカな。

貴族の従者には平民も多い。あんたみたいな騎士ばかりじゃないだろ。召し使いや世話役はどうするんだ？

第一、平民で近衛になった奴を知っているぞ。

あいつも学園にいる筈だ。

最悪あいつに渡せればいいんだ、こっちは。

「ああ、そうですか。しかし構いません。気遣いに感謝す……感謝します」

「な?!　なんと無礼な！」

なにがだ？

敬語が変か？　頭の下げ方が浅かったか？　貴族特有の形式でもあるのか？

あんたの言う通り、こっちは平民なんだ。

そういうのは先に説明してくれ。

「覚悟はいいか！　このワドロフ・エルサンリート！　かような屈辱は受けたことがない！　平民風情が！」

やはりエール二杯はおかしい。

スラリと腰の剣を抜いた騎士。家名があるようなので貴族なんだろう。

どこか他人事のようにそれを眺める。

頭が展開についていかないからだ。


「やめよ」


こちらも腰の剣を抜くべきか迷っていたところで、騎士が護衛していた馬車の中から声が掛かった。

凛として高い、女の声だ。

「し、しかしエリザベス様。このままでは貴族の威信に傷が……！」

「やめよ、と既に言った。なのに何故、剣を納めぬ」

「こ、これは……申し訳ありません」

青い顔で剣を納める騎士に、ようやく自分が助かったのだと理解した。

なんせ貴族相手だ。

剣を抜こうが抜くまいが死んでしまう。

「貴様、名は？」

再び響く声。

……俺か？　俺だよな？　姿が見えないのでわかりにくいが、俺に訊いてるんだよな？

黙っていると騎士の顔が青から赤に変わり始めた。

俺だな。

「アレン」

「きっ、さまあ！」

「よい」

しまった。です、とつけるべきだったか。

何が失礼になるのかよくわからなかったので、焦りもあって、つい返答が短くなってしまった。

「アレン……か。王国の公爵家が間諜に出していたという秘蔵の冒険者と同じ名だな？」

……多分そうだ。

改めて他人……しかも貴族から聞くとなると、とんでもない人物に聞こえるな……。

もしかしたら俺のことじゃないのかもしれない。

「学園には如何《いか》な用だ？」

「言えない」

そういう約束だ。

「ほう？　またぞろ面白い役目でも賜ったか。……退屈だ退屈だと思っていた学園生活が、今年の新人どものおかげで面白くなりそうではないか」

賜ったのは人に見せられない手紙だ。

「当学園に御用でしょうか？」

どう反応したものか返事に悩んでいると、再び後ろから声が掛かった。

今度は誰だと振り向くと、兵士を四人も引き連れたローブ姿の男が立っていた。

馬車列が進んでいたのか、前に並んでいた馬車がいなくなっている。

早くこいよ、という催促だろう。

もしくは抜剣した騎士を警戒してか。

「あ、ああ」

「来訪者用の別室があるので、お話はあちらで。――よろしいでしょうか?」

後半は後ろの馬車に向けての言葉だろう。ローブの男の視線は馬車を捉えている。

「構わぬ」

それを了承と取ってローブの男が一礼すると、連れられてきた兵士が距離を置いて俺を守るように取り囲む。

「では参りましょう」

こちらの返事を聞く前にローブの男が歩み始めた。

一連の流れに俺の意思は関係しないようだ。

……これだから貴族ってやつは。

仕方なく後を追う俺の歩調と合わせて周りの兵士も動く。

……連行されているわけじゃないよな?

タイミング悪く、今お嬢様は寮にいないそうだ。

南門からの外出許可が出ているとか。

許可のない俺を学園の中に入れるわけにはいかないらしく、なら南門で帰るのを待つと伝えたら、馬車で送ると言われた。

それを了承したので、外壁沿いに南門へ送られている最中だ。

ただ、この南門。全くといって利用されることがないらしく……どうも何か公爵家の秘事なのではと勘違いされている。

荷届けも伝言もいらない、本人に直接渡す物があると言ったのがマズかったのかもしれない？

最初から示し合わせていると思われたんだろうか？

俺に探られて痛い腹はない。俺に、だが。

エヴァの言葉が言葉だけになぁ……。一体なんと書いたんだ、あの看板娘？

馬車に揺られながら、手紙の入っている荷袋を見つめる。

いかんいかん。学園が大き過ぎて、外壁に沿って南門まで行く時間が長くて余計なことを考えてしまう。

……しかし本当に広いな。どこまで続いてるんだ？

外壁の上から突き出していた城の大きさもさることながら、丘を丸々と包んだこの外壁の規模もおかしい。

街でも入ってるんじゃないのか、全く。

「見えてきました」

呆れながらいつまでも続く外壁を眺めていると、護衛として並行していた騎兵が窓から声を掛けてきた。

ようやくか。

暇なこともあってか、何気なく進行方向にある南門を見ようと窓から体を乗り出して——なんか赤い物体を取り囲む兵士が視界に入ってきた。

「……あれは魔物か？」

「いえ、違うと……」

別に思わず声が漏れただけで尋ねたわけではなかったが、騎兵も困惑しながらそう返してきた。

……だろうな。囲むだけで剣や槍を向けていない。もし魔物だったら無警戒が過ぎる。敵として見てはいないようだ。

今はまだ、が頭につくが。

いつ危険と判断されてもおかしくない怪しい物体だ。

あんなのを相手にしなきゃいけないとは……ここの兵士も大変だな。

他人事のような感想も、馬車が近づくにつれて薄れていく。

……ああ、嘘だろう……。

気のせいでなければ。

それは人の形をとっていた。

それは粘性の高い赤いドロドロに覆われていた。

それは顔の部分だけを何かで拭ったのか、黒い髪と黒い瞳が確認できた。

それは知り合いによく似た何かだった。

「あ。おお、アレン。ちょうどいいところに」

「出してくれ」

赤い物体が手を振ってきたので、止まり掛けた御者に南門の更に先を指差したが、願い虚しく馬車は止まってしまった。

勘弁しろよな。

ペトラルカと怪しい本

なんだかんだ言って父さんはわたしに甘い。

送られてきた三年前の帳簿を見て、そう思った。

帳簿なんて大事な物、お店の外に出したらダメだと思うの。

仕方ない父さんだわ。

今回だけよ？

自室のベッドでゴロゴロしながら、送られてきた帳簿を読む。

やっぱり。

そこには当初感じた違和感があった。

ちょっと忘れかけてたけど。

この帳簿、むやむやするわ！

複写して送られてきた帳簿と見比べると、それはよりハッキリする。

本当に何かしら、これ？

むー……さっぱりわかんないわ。

わからない時は……色々やってみるべきね！


燃やす。燃えた。

濡らす。しわしわ。

潰す。くしゃくしゃ。

破く。びりびり。


いつの間にか帳簿が半分ぐらいになっちゃったわ。ほんとに不思議な帳簿ね。

あと部屋で火を焚かないようにってメイドさんに怒られちゃったわ。薪を何に使うか正直に言ったのに。

大丈夫。失敗は積み重ねて成功へと繋げるものよ。この失敗も実になってるわ！

でも帳簿をどうこうするのはやめときましょう。なんだか全部なくなりそうだもの。

父さんに追加を送ってって言ったら、さすがに怒られそうだし。

次ね、次。

わからない時は……調べる！

というわけで図書室に来たわ！

……。

ちょっと本が多いんだけど？　これじゃ欲しい本がどこにあるかわかんないわ。不便な図書室ね。

見渡す限りの本棚の列。しかも本棚の上に本棚が。二階、三階へと続く階段もあるわ。

倒れてきたら死ぬわね。きっとそういう罠なんだわ。つまりほとんどがハリボテに違いないわ。

賢いわたしは本当に本が詰まっている本棚を探すことにした。

……。

全部本物の本棚に見えるわね……。やるわね。

わからない時は……訊いてみる！

だから図書室の真ん中にあるカウンターで、分厚い本を開いていた眼鏡のお爺さんに訊いてみた。

「ねえ、本を探してるの」

「どんな本かね？」

どんな？

「むやむやがわかる本」

「闇から確かな形を探りあて、理《ことわり》の内へと納める本かね？」

「そうね」

このお爺さん、ちょっとボケてるわ。

間違いないと思うの。

うちのひいお爺さんがこんな感じなのよね。

「待ってなさい」

カチャリと眼鏡を押し上げてカウンターの奥にある本棚の陰に消えていくお爺さん。

これは……あれね。

本棚の向こうで「なんじゃったかな？」とか言って待ちぼうけになるパターンね。

うーん……よし。

帰りましょう。

「待たせた」

ビクリ。

ほんの少しカウンターから目を切った隙に、お爺さんが赤い本を抱えて戻ってきていた。

うん？　あれ？　ちょっと目を瞑ってただけよね？

「おんしが抱える問題は、これで解決できるじゃろう」

「え、ほんと？」

お爺さんがカウンターに置いたのは、金の縁取りの赤い本だ。タイトルはない。

厚くもなく、薄くもない。

片手で持てそうな大きさだが、メモ帳よりは大きい。

「これ、借りていいの？」

「導かれるといい」

やっぱりボケてる。

でも、ちょっと借りるぐらい……いいわよね？

すぐ返すし。

そろそろと赤い本を持ち上げても、お爺さんは何も言わなかった。

そのまま踵を返して……ふと思った。


わたし、問題を抱えてるとか言ったかしら？


「ねえ、お爺さ……」

振り返ると、お爺さんはいなかった。

授業中だからか、ガランとした静かな図書室があるだけだった。

「ふむ」

きっとまた奥の本棚にいったのね。

見た目より素早いお爺さんだわ。

わたしは一つ頷いて、今度は振り返ることなく図書室を出ていった。

足早に。

まあ何はともあれ！

「これで！　むやむやを解決できるわ！」

よくわかんないけど！

自室に戻ってきたわたしは、ベッドの上に帳簿と複写した帳簿と赤い本を並べた。

寝転んで足をパタパタさせながら赤い本を開く。

『真は幻、幻は真。数多ある真実を世に照らさんとする者よ……』

「ここじゃないわね」

なんか難しい本ってこんなの多いわね。

もっとわかりやすくしてー、わかりやすくー。目次もないわ、この本。不親切ね。大丈夫かしら？

ペラペラと本を捲る。

帳簿がむやむやする時の解決法はどこかしら？

最初の一ページ以外は白いページばかりの本だ。

まさかなんにも書いてない？

そう思い始めた本の中程に『偽書を見抜く』というページがあった。

なんでも違和感のある書物に書かれている真実の記述を見抜けるらしい。

すごい。

「えー、なになに……」

『瞳に映る全てを真実と捉えるのなら、理から外れし』

「そういうのいいから」

ページを捲る。

『隠されている記述を見つけるには、書かれている媒体へのアプローチを第一とする。熱、水、圧力、鉱物、あらゆる反応を確かめ』

「それもうやったから」

ページを捲る。

『魔力、魔術、魔法による隠蔽。これらの隠蔽はその完全さが特徴で、大抵の場合は術者や許可された者以外は見通せない。定められた虚飾を表に映し出す。しかし必ず魔力を用いるため、同程度の魔力、魔術、魔法の感知技能を持つ者の感覚に引っ掛かることがある』

「そんなこともあるわね」

ページを捲る。

『前のページに戻る』

「ふむふむ」

ページを戻す。

「…………はっ⁈　これだわ！」

ついにむやむやの元を見つけたわ！

魔力による隠蔽！　これね！

記述によると、わたしの魔力を感知する能力が高いから魔力による隠蔽を違和感として感じてしまう、そうなのよ。

なーんだ、そうだったのね！

「これで解決ね！」

たくさん頑張ったからお腹が空いたわ。

お昼時は何を食べようかし…………………。

うん？

隠蔽？　されてるの？　うちの帳簿が？

「……」

なんで？

……父さん、まさか二重帳簿とかつけてるのかしら？

って、そんなわけないわよね。

う～ん……これは……。

大変だわ。

大変よね？

よくわかんないけど、帳簿に魔力だか魔術だか魔法だかが掛かっている……のね？

どうにかして解けないのかしら？

そしたら悪いことなのかどうなのかわかるし。

もし、父さんたちがそういう風に処理してるのなら……その時はその時。

見なかったことにしましょう。

でも父さんたちがやったんじゃなければ…………すごい問題ね。

どこかに解除法とかも載ってないかしら？

再びペラペラと赤い本を捲りながら、わたしはハタと気付いた。

あれ？　違和感を感じるのって……帳簿だけじゃなかったわよね？

◇◇◇

ピクニックの代償として、我々は新しいお仲間を獲得した。

言い間違いじゃない。大丈夫。

『代償』なのに『獲得』した。

大体合ってる。ちくしょう。

なるほど。故事に準《なぞら》えて然《しか》りだ。

悪魔は外に出すべきじゃない。

知ってた。

しかしわかっていても、どうにもならないことが世の中には溢れている。そういう時はどうすればいいのか？　俺は奴隷として、ちゃんと学んでいた。

何も考えないといいんだ。

ちくしょう。


涙目のベレッタさんと楽しそうなリアディスさんとくそ餓鬼をどうにかするべく、従僕は一人、迎えの馬車を呼びに南門へと走った。主に涙目の命令で。

門番に警戒される中、荷車と荷馬車を何台も頼むと要望。

もちろん、熊を載せる分と。

ベレッタさんを載せる分だ。

貴族のメイド様は、腰を抜かすことが標準なんだろうか……。

お嬢様にも見習って欲しいものだ。

そしたら有無を言わせず運べるのに。

どうも虫で脅される……いや説得される最中に抜けたらしい。主犯は熊の死骸の上で狼を追いかけていた。

そんな言い方だとお嬢様の頭が変に思われるかもしれないが――うちの主人は頭おかしいので間違っていない。

嬉々として狼の魔物を追いかけていた。

そんな腰抜けメイドと暴走令嬢を森に残して、従僕だけで説明に来たというのに……。

時が経つに連れ、従僕を囲む兵士の数が増えていくだけで、一向に荷車も荷馬車も出してくれない。

これは従僕が平民だからだろうか？

あまり長い間お嬢様から目を離したくないんだが。

とりあえずお嬢様には危なくなったらメイドをエサに……盾にするように言ってある。

そうなったら従僕も生きてはいないだろうけど。

早く早く、なんで誰それの許可がいるんだよ。荷車だよ？

奴隷の時に幾度となく使った経験があるんだけど？

一度お嬢様たちのところに戻るべきかと考えたところで、馬車がやって来た。

馬車は貸し出し用の物だろう。最近見たやつによく似ている。

ありがたいタイミングだ。

あれを奪おう。

そう考えた。

なーに大丈夫。こちとら涙目の命令を授かっている。兵士なんて、そのほとんどが平民だ。従僕も平民だ。問題はない。

そう思って馬車を見つめていたところ、馬車の窓から知り合いが顔を出した。

英雄ってやつは本当に最高だよな。

ここぞという時に来てくれる。

気さくに手を上げて、周りに仲がいいアピールをしつつ呼び掛ける。

「あ。おお、アレン。ちょうどいいところに」

アレンの顔が引っ込んだ。

照れてるんだな。


アレンの協力を得て、無事にピクニックは終了となった。

あの熊は魔物であったらしく、そのまま持ち帰るには色々と問題があった。

てっきりただの熊かと……。

このことが露見すれば二度と外出を旦那様に許されないであろうお嬢様、腰を抜かしたという事実が外聞の悪いメイド様方、ドロドロの従僕、四人の意見が事の隠蔽へと向いた。

なら熊はどうするのか。

焼いてしまえ、というのが従僕の意見。きっと美味しそうな匂いがする。

しかしお嬢様が待ったを掛けた。


「冒険者ギルドでなら、換金できるんじゃない？」


その言葉で、皆の視線が英雄へと向かった。

期待を一身に背負うのが英雄だから。

何故か少し渋っていたアレンだったが、お嬢様が熊を見上げながら、

「これで、お小遣いが……」

なんて嬉しそうに言うものだから嫌とは言えなくなってしまった。

使い込みの原因が主にアレンと従僕の治療なのだから。

その節は本当にありがとうございました。


然るして、アレンは学園側と掛け合い熊の死骸を王都へと搬送することを要求。お嬢様が口添えをしたのでスムーズに事が運んだ。

お嬢様が口添えしたのはあくまでもアレンのことだ。『この者の善きに計らえ』とかなんとか。

熊ではない。我々は熊などに出会ってはいない。

まあ、件《くだん》の森に一緒に居たかもしれないというのは門番や兵士の発言により露見するかもしれないが、実際に被害を被《こうむ》ったわけではないのでこれに関わったかどうかは当事者のみが知るところだ。

お嬢様一行が帰ったあとに、少し時間を置いてアレンが「森で獣を狩ったから荷馬車を用立てて欲しい」と述べたことによって、兵士の間では『あれを一人で?!』となったからには余計に。

おかげで従僕の命は永らえた。

アレン様々である。

俺としては、ついでに狼もどさくさ紛れに討伐しようと思っていたのだが……お嬢様がずっと抱き上げていたので無理となった。

途中で「代わりましょうか?」と珍しく進言なるものまでしたのだが「いい」と返された。ちぃ。

そのせいで、学園の中に魔物を入れることにまた一問着あったのだが……最終的には許されてしまった。

なんでも本当に使い魔という制度が魔術師にはあるらしい。

責任を負うことはもちろんなのだが、使い魔にしている動物や魔物の能力も魔術師の実力の一部として見られることになるので、共に過ごすことはむしろ推奨されるのだとか。

魔術師って輩《やから》が大嫌いだ。

奴隷にはいなかったぞ。

そんな犬畜生が、

「ワフッ」

今、俺の足下に。ちくしょう。

共に過ごすとはなんだったのか？


恐れ多くもお嬢様の使い魔の世話を仰せつかった従僕。

ピクニックの翌日には従僕の部屋に犬用の生活用品が備え付けられた。

犬ではなく狼では？　そう訊いたところ。

「同じよ」

と返された。そうか。おんなしか。

知能が高いのか、お嬢様の言うことにはちゃんと反応を返す犬畜生。

夕食も終わり、明日から学園があるため、犬にしっかりと言い聞かせているお嬢様。

犬を抱き上げて目線を合わせて見つめ合うその表情は真剣だ。

「今日からここがあなたの家なの。いい？　従僕の言うことちゃんと聞くのよ？」

「ワフッ」

「そう」

「ワフッ」

「わかったわ」

何が？

犬が賢いのではなく、お嬢様が獣に近いのかもしれない。

「従僕」

「はいお嬢様」

なんだ畜生ども？

「この子に名前、名前つけなきゃ！」

「ではイヌで」

「かっこいいのがいいわ！」

「ではオーカミで」

「かわいいのがいいわ！」

「イズレニクとかどうでしょう？」

「もっと使い魔っぽくなきゃ！」

「『生け贄の山羊《スケープ・ゴート》』とかいいがでしょうか？　神期時代の言語で勇敢な獣につけられる別称です」

もしくは蔑称です。

「ふんふん」

犬を見つめながら頷くお嬢様。

ちなみにこのやりとりにメイド様は触れてこない。

リアディスさんはいつも通りニコニコしている。

ベレッタさんは自分が許可を出した手前、まさか使い魔と触れあうなとは言えず、かといって積極的に関わろうともせず、結果的に静観することとなっている。

「決めたわ」

「左様でございますか」

「アルネード・ヴァンサブにするわ」

家名はおかしいだろ。

「愛称はアルヴ」

「良き名かと」

折り目正しく頭を下げる従僕に、お嬢様がピッと指を差す。

「いーい？　今日からあなたの名前はアルネード・ヴァンサブよ。アルヴって呼んだら応えるの。アルヴ、あれが従僕よ。言うこと聞くのよ？」

「ワフッ」

マジか。

「よし、いけ」

いかすな。

お嬢様が手を離すと、アルヴは従僕を目掛けて真っ直ぐに駆け寄ってきた。

クルクルと従僕の周りを回るアルヴ。

しまいには従僕の靴の臭いを嗅ぎ出す始末。

ある程度嗅ぎ終わると、その場に腰を降ろして呼吸も荒く見上げてくる。

「ヘッヘッヘッヘッ」

「何笑ってやがる」

「従僕」

ビシッと手を突きつけてくるお嬢様。

大丈夫です。既にこの毛玉はお嬢様の所有物と認知されているので、衝動的に手を出したりはしません。

バレないタイミングを装います。

ジッと魔物を見つめる従僕に何を思ったのか、お嬢様がアルヴを抱き上げて遮る。

「よろしいですか？」

声を上げたのは虫嫌いのメイド様だ。

「なーに、レッタ？」

なんですかレッタさん。

「……その呼び方はやめてください。あの魔物についての報告です」

ああ、お嬢様のお小遣いか。

お嬢様もそれを悟ったのか素早く椅子へと戻り、居住まいを正して聞く姿勢を取った。

アルヴは抱いたままだが。

これに文句がありそうなメイド様だったが、アルヴを一睨みするに抑えて話を続けた。

「あれはどうやらベア種の特異個体であったようで、ここ最近王都に持ち込まれた魔物の中では最大のものとなりました。……あれを本当にそこの近衛が打倒したのかは疑問ですが」

「本当ですよー。わたし、見てたんですからー」

疑いの眼差しを従僕へと向けるベレッタさんに、リアディスさんが頬を膨らませて反論する。

まるで信じていないであろうベレッタさんは、それに適当な返事を返す。

「……わかりました。その事はもういいでしょう。これについての問い合わせが幾らかマリスティアン公爵家に来ておりますが、当家はこのベア種の討伐に関与していないと返しております」

「それでいいわ」

「なので、周囲には公爵家の命にないただの狩り……つまりは冒険者の自主的な討伐という認識になっています。魔物密輸組織の内情を調査していた公爵家の密偵が、取り逃した魔物を追い、これを単独で討伐したという噂なども広がっております」

すごい英雄っぽい。

アレンも文句ないだろう。

「特異個体とだけあって、換金にはもうしばらく掛かるとの旨を聞いております。しかし公爵家の者に試算させたところ、どんなに軽く見積もっても金貨三十枚は下らないとか」

「お小遣い、いっぱいね」

「これを公爵家へ納める形にすると今回の件の関与を疑われますので、一番いいのは秘密裏な手渡しなのですが……」

「そう、わかったわ。ならこっそり王都に行くわね」

「なりません」

「でも」

「ですので、あの密偵には学園内への入場を許可する申請を出しておこうかと考えております。もちろん、今回に限りですが。その許諾をお嬢様にしていただこうと……」

「許可するわ」

いいんだろうか？

傍で聞いていると、なんだか不正な談合の打ち合わせのように聞こえる。

「なんかー、悪いことしてるみたいですねー？」

そう思ったのは従僕だけではなかったようで、従僕と並んで立つメイド様も首を傾げている。

「……リアディス。お嬢様の前ですよ、口を慎みなさい」

注意するベレッタさんの口調も弱い。眉も下がって不安そうだ。本人もどことなくそう感じていたのかもしれない。

まあ、実際に悪いことなのだが。

メイド様方は気付いていないようだが、お嬢様が魔物に襲われたことを隠蔽しているのだ。バレたら従僕の首は間違いない。失業という意味ではない。そんなのご褒美だ。

メイド様方にも影響しないわけではない……と思う。

しかし「貴族なのだから」と許されても変ではない。

貴族なのだから。

奴隷上がりとは対応も罰も違ってくる。

それでも一方的に損をするアレンよりはいいだろう。

熊から得られるお金は全てお嬢様のものになることで決着がついている。

そこに残るのは運び損した上に、バレれば関係ないのに隠蔽の罪を一緒に被る英雄となる。

持つべきものは友達だ。

残るお嬢様はといえば。

あまりこういったことに経験のないメイド様方を見ると、お嬢様もそうであるように感じる。

悪いことだと気付いているのかいないのか……アルヴの手をチョイチョイと持ち上げて遊んでいる。

しかしここで、不安そうなベレッタさんの方を向いて一言。

「バレなきゃ、だいじょーぶ」

あ、これ気付いてるわ。

「お嬢様も、悪ノリはおやめください。冒険者に魔物の換金を頼んだだけです。違法でも悪事でもありません」

「そうね」

問題はそこじゃない。

しかしお嬢様は説明をするつもりがないらしく、口を開こうとはしなかった。

まるで自分は何も知りませんと言わんばかり。

俺的にもその方がいいので黙っているが……。

そもそも本人の自力で狩った獲物以外の換金は、そう伝えないとギルドの評価も変わってくると思うんだが……。

ベレッタさんも貴族のご令嬢なんだなぁ。

ちょっと常識離れしているところがあるというかなんというか。

でもまあ、アレンの実力なら熊ぐらい問題ないだろうから、その辺りは別に関係ないか。

酷くシレッとしている主従を見て、新たにお嬢様の使い魔となった白い獣が一言吠えた。

「ワフッ」

どこか呆れたような表情で。


ペチャペチャと水っぽい音で目が覚めた。

「……何やってんだ、お前」

「ワフッ」

従僕に与えられた居室だ。

自分の寝床を抜け出したアルヴが、俺の枕元に立ってこちらの頬を舐めていた。

水音の原因はこれだろう。

おかげで水の底に重りをつけて沈んでいく夢を見た。

これはあれだ。

ナメられている。

「舐めんなよ?」

まさに。

「ワフッ!」

人間様の言葉がわからないのか、恫喝する従僕を見て尻尾を振り乱し楽しそうにするアルヴ。知性どこに置いてきた? 取ってこい。

これは……もしかしなくともお腹が空いているのだろうか?

つまり俺を食材に見立てているんだろう。味見だコレ。

現行犯、現行犯だ。

言い逃れはできまい。犬だから。

「短い付き合いだったな犬畜生。介錯《かいしゃく》は俺がしてやる」

我々奴隷の『つまみ食い』に対する処罰は厳罰と決まっている。

「ワフゥ?」

しかもこいつは魔物。人様を食い物にしようとしたのなら……。

いや待てぇ？

我らが主人の返事を想定してみろ。

『お嬢様！　大変でございます！　なんとアルヴの奴めが従僕をその歯牙に掛けようと寝込みを襲って参りました！』

『そう』

『ええ。やはり子供だろうと魔物は魔物。人間とは相容れない……』

『お腹が空いているのかしら？』

『ええ。まさに私腹を肥やさんと……』

『じゃあ従僕を与えなきゃ』

『……』

『そのままじゃ大きいわよね。小さく刻んだ方が食べやすいかしら？　どう思う？』

とこう。

危ないところだった。ひっかけかよ。

まずは確認だ。

「なんだ……腹減ってんのか？」

「ワフッ！」

やはりだよ。

「……これで我慢しとけ」

立ち上がって非常食に常備してある干し肉を棚から取り出して渡す。

「ワフッ！」

まるでお礼でも言っているかのように一吠えすると、シーツの上でガツガツと干し肉を食べ始めるアルヴ。

今日から常に魔物に食べられる脅威も増えてしまった。

本格的に転職を考えている。


お嬢様の受ける授業の時間割を、従僕は一通り知っている。

大抵の座学の時間、お嬢様は従僕を後ろに控えさせているが、『礼節』の時間は『自由』にしていいと言い渡されている。

他の貴族様の近衛も、この時間だけは主人の近くに控えることを許されない。

恥ずかしいからだそうだ。

どんな授業だよ。

近衛になるのは、ほぼ例外なく成人した貴族であるため、礼節を知らない未熟な自分を見られるのが嫌なんだとか。

思わず吹き出しそうなミスを見られるのが嫌なんだとか。

貴族様ってやつはプライドが高いな。

男女別々で授業が行われることも関係しているのかもしれない。

おかげで従僕は平穏な時間を送れるが……。

何をしたらいいのだろう？

従僕にとっての『自由』な時間というのは、くそ餓鬼の相手を意味していた。

憂鬱な午後の一時だった。

他の奴隷が寝たり食べたりしているのに、俺だけ鞭を貰う理由を頂戴するのだ。

大変な栄誉です、ええ。文句《しか》なんてありませんお嬢様。

しかしこの歳になって、貴族様だらけの学園で一限だけ『自由』をやると言われても——正直困る。

馬でも見て癒されるぐらいしかやることがない。


だから厩舎に行こうと、人気のない廊下を一人で歩いていた。

「見えない、見えないってなんなのよ、見えてもいいんじゃない？　見えないけど感じれるってなんなんですかあ？　バカなんですかあ？　そもそも見えないとかおかしいわよ。隠すってなによ、悪いことしてますって言ってるようなものじゃない。はい、もうバレました。観念してください。……見せて！　見せてよ！　見せなさいよ！」

するとその廊下の真ん中に、しゃがみ込んでブツブツと独り言を唱える、見覚えのある生徒の後ろ姿が。

紫の髪を二括り《ツインテール》にまとめた女子生徒だ。

授業中であるため、生徒はほとんど出歩いていないというのに……何故かいる。

恐らくはサボりだ。

立ち止まって目を瞑り、少し考える。

誰かいるのはわかっていた。しかし気にはしなかった。授業中でも下働きの平民や教師、俺と同じ近衛の方々がうろうろしているからだ。それでも厩舎に向かう道だけあって、貴族様ではないだろうとも思っていた。実際に貴族様じゃない。知り合いかと問われても首を振るような女子生徒ってだけだ。更には何やら忙しそうな気配もしている。

つまり邪魔しちゃ悪い。

決して絡まれそうだなって思ったわけじゃないが、道を変えよう。

幸いにしてまだ気付かれていない。失礼にはあたるまい……。

そこまで考えたところで額に当てていた握り拳を離し目を開けた。

するとどうだ。

徹夜でもしたのか目の下に隈を作ったペトラルカがこちらを爛々と見ているではないか。

俺は笑顔を返した。

ついでに踵も返した。

「ちょっと！　待ちなさい、待ちなさいよ！　なんで帰っちゃうのよ?!」

帰る？　バカ言うな。

逃げているだけだ。

相手は平民。同じ位。立ち止まることもない。

「わたしみたいな美少女が困ってたら、そこは声を掛けるところでしょう?!」

ハハハ、面白い。

悪いが俺はどっかの公爵家のご令嬢じゃないので。

しかしなんとしたことか、パタパタという軽い足音が俺を追ってくる。

「ねえ、待って！　待ってってば！　待つってあれよ、止まるってことなのよ」

「へえ。そりゃ知らなかった」

「でしょう。だから……うん？　ねえ待ってよ！　なんかこの前と雰囲気が違うくない？　えーと、えーと……あ！　髪型に失敗した？」

違う。

溜め息を吐き出して立ち止まる。

「ふぎゃ?!」

すると腰に軽い衝撃。

振り返ると片手で鼻を押さえる涙目のペトラルカ。

悪いことしたと思ってる。次からは止まらないようにしよう。

「……なんか用か？」

「な、なによ？　怒ってんの？　お、怒らないでよ。なんか怖……あ。そうよ、口調が違うわね。……うん？　なんで？」

「この口調は奴隷用だ」

「わたし平民ですけど?!」

「なら平民兼用だ」

「絶対いま考えたでしょ！」

……あれだ。

なんかこの女子生徒に危機感を感じると思ってたんだが……。

「知り合いの女奴隷に似てるんだ」

「だから奴隷に話し掛ける喋り方になるの?!　失礼ね、失礼しちゃうわね！　謝って！　わたしにきちんと謝って！　まったく！　まったくもう！　……ちなみにその女奴隷ってどんな人？　超絶美人？」

「訳もなく突然腕に針を刺してくる」

「なにそれ怖い」

コクコクと頷いて「それじゃあ仕方ないわね」とか言っているペトラルカを見ていると、どこぞの餓鬼まで思い出す。

俺はお前の方が怖い。

「それで？　なんか用か？」

「うん？　……はっ?!　そうだったわ。ねえ、あんたこれ読める？」

突き出されたのは、片手にずっと持っていた紙の束だ。

左上に穴を空けて紐で綴ってある。

……もしかして文字が読めなくて唸ってたんだろうか？　ここって優秀な魔術師が集まる学園だった気がするのだが。

「……読めばいいのか？」

そしたら解放してくれる？

「うん。読んでみて」

甚《いた》く真剣な表情に押されて紙に目を通す。

とても今が授業中だと思えない真剣さだ。

授業に出てろよ。

「えー……魔石、仕入れ総額、〆《しめ》て金貨二百四十二枚……」

なんだその顔。

俺が言われた通りに紙を読み上げると、それが意外なことでも言われたかのように驚いた表情を見せるペトラルカ。

もしかして元奴隷だから文字は読めないとでも思われていたのか？

「ま、待って！　ままま待って！」

待ってるよ。ちゃんと立ち止まってるだろ。

自らも紙面に目を通し、俺の顔と見比べるペトラルカ。

「こ、こここれよ⁉　魔石、仕入れ総額、〆て銀貨一万八千枚のところよ⁉」

「文字が読めないのか？」

「読めるわよ！」

じゃあなんの問題があるのか。

ペトラルカが指差した紙には、ちゃんと金貨だと書いてある。たとえそこを読み間違っていたとしても、数字を間違うわけがない。

桁が違い過ぎる。

「ちょっ、ちょっと来て！」

「断る」

「いいから来て！」

そう言って俺の腕を摑んでグイグイと引っ張るペトラルカ。

向かう先が厩舎の方なので抵抗しにくい。

俺もそっちに行こうと思っていたのだ。

どうやらこいつのサボり場の一つは厩舎のようだ。

従僕の時間潰しは今度から別の場所にしよう。

学園に来ておよそ一月。広すぎるせいか、まだ隅々まで詳しくはない。

しかしきっと従僕がひっそりと時間を潰すのにいい場所があるさ。

諦めて引っ張られながら、俺は貴族様どころか平民の生徒すら寄り付かないような場所がどこかにないものかと頭を悩ませていた。


ところ変わって馬を運動させたり遊ばせたりする放牧地。

厩舎の近くにこんな場所があったとは。

というかこの学園は広すぎる。

掃除がめちゃくちゃ大変そうだ。

ペトラルカに連れられて来たこの場所には、柵の外にベンチがポツリポツリと置いてある。馬を監視する時に座るためだろう。

至れり尽くせりだな学園。

その一つにペトラルカと共に腰を降ろして、紙束の端から端まで読まされている。

ペトラルカは、何故か俺が読み上げる言葉をメモしている。

ここに原本があるんだが？

「なんの意味があるんだ、それ？」

少し気になって、ペトラルカがメモを取るのを待っている間に訊いてみた。

こちらは読むだけなので、どうしてもメモを取る時間の方が長い。

あいだに手を止める必要が出てくるのだ。

「うん？　ああ、そうよね。あんたは読めるもんね。……えっと。ここって百八？」

「百八だ」

ペトラルカはメモから顔を上げずに続ける。

「う～ん……そうねえ……。ま、いいか。あのさ、それってうちの商会の過去の帳簿なのよ」

帳簿？

……へえー。これが帳簿か。

帳簿の記入や管理は奴隷頭とククレさんがやっていたので、平の奴隷には関係がなかった。

平も平な奴隷だった俺としては、奴隷頭やククレさんが読み上げて指示を出す紙ぐらいに思っていた。

……こうなってるんだな。

さっきまでとは違った見方で帳簿をパラパラと捲る。

そう考えると、無意味に思えた数字の羅列も面白く感じる。

「これって商会の人間じゃないやつが見てもいいもんなのか？」

過去のだからか？

「なに言ってんのよ。そんなのダメに決まってるじゃない。それで、その帳簿なんだけど。なんか魔力による隠蔽の術式が掛けられてるんだってさ。だからどうやっても本当の紙面が見えなかったのよ。助かっちゃったわー、ありがとね」

うん？　なんだって？

メモを書き書きしているペトラルカを見る。

ペトラルカは難しそうな顔で、万年筆の尻でコメカミを搔いている。

「それでさ……でさー？　これ、なんか裏帳簿みたいなのよねー。衝撃だわ。しかも商国の法に触れてるっぽいの。大変だわ。ねえ、どうしよう？　どうしたらいい？」

そっか。

「頑張ってくれ」

「待って?!　ねえ待ってよお！　なんなのこれ?!　想像したのよりずっと酷いのが出てきて軽くどころか重く引いちゃったわよ！　どうしてくれるのよ?!　責任よ、責任があるわ、責任とってよ！」

やめろ。離せ。

「ハハハ、一体なんのことやら……。私には関わりのないことなので、手を離してくださいペトラルカ様」

「いやよ！　わたしの秘密を余すことなく見たんだから、男なら責任とるのが普通じゃない！　いや、いやよおおおお！　急に他人行儀にならないでええええ！」

ちょっ、ほんとやめろ。

「わ、わかった。わかったから落ち着け。手を離せ」

「……ぐすっ。ほんと？　逃げない？」

「逃げない逃げない」

ちょっと走るだけ。

「ふう、良かった。これって本当の紙面は犯人しか見えないらしいのよ？　逃げたらあんたを突き出すところだったわ」

お前、ほんと待て。

「犯人しか？」

「犯人しか」

「……」

「……はっ?!　…………もしかして、犯……人？」

やめろって言ったぞ。

いや言ってなかった。

「やめろ」

「そうよね、違うわよね。……でも、わたしが持ち込んだ商品を何故か親切に運んでくれたし、なにより帳簿も読めるのよね？　不思議ね」

ぐっ！

「よし。真相究明に微力ながら力を貸そう。なに、お嬢様の数少ない大切な友人だ。従順な僕《しもべ》として当然のこと」

「あんた、主人に敬意払ってないわね」

そんなことはない。

「こういう方法はどうだろう？」

とりあえずこの場を切り抜けるために、適当な犯人の割り出し案を述べた。

世の中に出て本当に役立つ技術というのが、奴隷の間は使うことがなかったサドメの話術なのだから恐ろしい。

世の中っておかしいな。

ある程度話し終わると、瞳をキラキラと輝かせて頷くペトラルカが、そこにはいた。

「それ、いいわね！」

俺が提案したのに心配するのはおかしいのだろうが……大丈夫かなこの子？

少し危険な提案なんですけど。

これは一言、言っておかねばなるまい。

「喜んで頂けて何よりです」

しかし奴隷は笑みを浮かべ追従することが基本姿勢。

良いというのだから、いいだろう。
後のことなんて知らない。
でも後にわかる。
浅はかだった。

ペトラルカと犯人

犯人よ、犯人を探すの。犯人を見つけるのよ！
そしたら全て解決するわ。
なんせ犯人っていうぐらいなんだから、あれもこれも罪を被ってくれるわ。
便利だわ、犯人。良い人ね。

帳簿が魔力による隠蔽をされていることがわかった夜。
わたしは帳簿に色々してみた。
燃やしたり濡らしたり埋めたり破いたり。
でもそれって魔力で隠蔽されてるって気付く前にもやったことなのよね。
結果としては、実家の過去の帳簿が更に薄くなったわ。
……。
どうせ偽物よ。問題なし！

賢いわたしは、違う方法を考えてみた。

まず見つめる。

才気溢れるわたしだもの、こうすることによって何かが目覚めて帳簿の隠蔽を破れるかもしれないと思ったの。

ダメでした。

なら睨みつける。

強者の気配漂うわたしとしては、こうすることによって術式自体が恐れをなして逃げ出してしまう可能性を提唱したい。

ダメだったけど。

じゃあ文句を言う。

クレーマーも裸足で逃げ出すわたし故に、こうすることによって嫌気の差した魔力が散り散りになってしまい問題が解決するとか？

ダメで当然だと思うの。

一晩丸々使ったのになんの成果も得られなかったわたしは、自主的に授業の時間を返上して隠蔽の解除に取り組んだ。

この隠蔽！　なんて隠蔽！　いい加減にしてよ隠蔽！

取り組みは難航した。

もう帳簿を全部燃やしてなかったことにするのはどうかしら？

そんなことを考えていたわたしを、神様は見捨てなかった。

神様に愛されたわたしだからこそ、こうして隠蔽されている帳簿を読める人物に出会えた。

しかも最近知り合った人だというのだから……神様、ちょっとわたしのこと好きすぎないかしら？


読み解かれた帳簿には、商国が禁制としている品や関税を大きく超える額が記載されてあった。

ちょっ。

中には三国間での協定に触れる物まである始末……。

え、これ、え？　……。えええええええええええ?!

本当に本当？　うそ?!　ほんと?!

神様、ちょっとわたしのこと嫌いすぎない？

これはあんまりだわ……あんまりよ！


淡々と帳簿を読み上げる黒髪黒目の元奴隷だという男。

どことなく浮き世離れした印象を受ける。

この人の主人だっていう女の子も浮き世離れしている。主に容姿とか。

それにしても、よね？　それにしても——驚かない。

なんでそんなに平気そうなのかしら？

……はっ?!　もしかして……この人が犯人だったりするのでは？

それなら帳簿の記載に驚かないことも納得できる。

名推理だわ。天才かしら？

……よし。

いざという時のために捕まえておきましょう。

犯人、わたしには犯人がいるのよ！　ちょっ、逃げないで、逃げないでー！


盲点だったわ。

そうね、少し考えたら思いついたかもしれないけど、あの黒い人には良い案を貰ったわ。

だから今は見逃してあげましょう。

わたしは真犯人を探すことにしたから。

真犯人よ、真犯人。

きっと上手くいくわ。凄い案だもの。これで商家の未来は安泰ね！

この案で真犯人を探して……見つからなかったら、その時は！

犯人が真犯人というやつね。

よくある。仕方のないことだわ。次に期待して貰いましょう。

まあ、この件の犯人は斬首でしょうけど。

来世ね、来世に期待ね。

これで安心。

憂いのなくなったわたしは、早速黒い人に聞いた案を実行した。

金曜日の放課後だ。

自室は女子寮になるため、男性を呼び出せないから空き教室を借りてそこで例の案を行うことにしたわ。

階段状に机が配置されたいつもの教室じゃなく、広い一部屋のような教室だ。

そこに机を一つ持ち込んで、椅子を二脚、向かい合わせに並べた。

机の上には魔石商売に関する資料を乱雑に配置してある。

その中の一つに、うちの帳簿の中の一枚が紛れている。


盲点よね。

黒い人が出した案は、探しあてるのではなく騙してみたらどうだ？　というもの。


『まず、帳簿の書かれた三年前に既に働いていた人物に的を絞る』

そうね。もちろん、気づいていたわ。そうよね？　少なくとも三年前には真犯人は働いていた、当然ね。うんうん。

『次に、その中から帳簿に触れられる人物を更に抜き出す』

これはちょっとどうなのって思うわね。人の目を盗めば、誰だろうと帳簿ぐらい触れるでしょ？

『立場的に触れない人間って結構いたりするぞ？　指示を受ける側とか』

わたしもいまそう思ったわ。

『あとは当然、魔術や魔道具に精通してる奴だ。もしくは魔術師と繋がりのある奴。言うまでもないだろうけど、魔術を掛けられているのだから』

ですよね。うん。わかってるわ。言うまでもないわね。

でも確認のために、そういうことはその都度言うようにしましょう。

大切なのよ？　報告、連絡、相談。

商人だもの。

わたしはほとんどしないけど。

『そして、抜き出した人物を一人一人学園に呼び出す』

……なんで？

もっとわかりやすく言ってー、言ってー。

『学園の生徒は申請をすれば学園に客《ゲスト》を呼べる。しかし申請には時間が掛かる上に一人ずつしか行えない。最近、知り合いがこの手続きをされたから知ってるんだが、間違いないか？』

知らない。

『一人ずつ呼び出すのに学園は都合がいい。もし仲間がいたとしても、学園の中なら孤立無援にできるからな』

なるほど。

『最後に真犯人の割り出しだ。呼び出された人間の中で、真犯人に繋がるのは「紙面を正しく読める」ことだ』

そうなるわね。

『それで真犯人を引っ掛ける』

……わかるわ。ええ。でも一から説明した方がいいわね。うん。大切だもの。

『呼び出す理由を商売に絡めて「わたしだと経験が少ないから」とでも言っておく。誘い出されて学園にやってきた犯人に、学園での事業繰りについての忠言を貰うとでも嘯《うそぶ》いて、適当な資料を挟んでの会話を行う。ここでの会話は本当のことを話した方がいい』

嘘はよくないものね。

『全くだ。相手も商売の経験があるのなら、会話には乗ってきやすい。それに随時して、実際にやっている商売の帳簿や商品の資料なんかを見せる。本当に学園内で商売をしているからな。説得力がある』

ええそうね。このことを見越していたの。凄いでしょ？

『後は会話の最中に「この出費、どう思う？」とか「この品って禁制品かしら？」とかの話を振って、相手に紛れ込ませた帳簿を読ませればいい。読めたのなら、真犯人。読めなければ他の候補を呼ぶ。これを繰り返せば、いずれはたどり着ける……と思う。ここは商会の中じゃないから、帳簿に関しては相手も油断するだろうし』

それよ！

そんなわけで。

わたしは早速その案をやってみることにした。

その日の内に実家には手紙を出して、学園には客を迎え入れる旨を伝えた。

諸々の手配や準備を終えて、最初は番頭さんを呼び出すことに成功した。

あんまり好きな人じゃないけど、古株だ。

可能性は薄そうだけどね。一応ね。まずは練習ということで。

門にいる監察官の人には、わたしがここにいることを伝えてある。

客はここまで案内されてくるだろう。

ちょっとドキドキしながら待っていると、空き教室の扉がノックされた。

「失礼します。スウェッツェンド商会の方をお連れしました」

「ペトラルカ様、スウェッツェンド商会番頭ファニード、只今参りました」

「入って」

案内役の小姓が扉を開けて、入ってきたのはうちの番頭。

ファニード。

ダルダルに伸びた顎下の肉に突き出たお腹、頭頂部のハゲは剃っていると豪語する四十代の中年男性。

未だにお嫁さんにくる人はおらず、商会の女性にも毛嫌いされている。

視線が厭らしいのがその理由だ。

それでも計算能力に高く、強いコネがあるため商会の中では番頭の地位についている。

小姓が頭を下げて扉を閉めると、こちらを向いてニタリとした笑みを浮かべるファニード。

うう、気持ち悪い。

その笑い方もそうだけど、一瞬だけ胸とお尻を確かめるように見てくるのも嫌。

相変わらずね。

「ペトラルカお嬢様に於かれましては、ご壮健そうで何より。このファニード……」

「前置きはいいわ、ファン。実はね、わたし学園でちょっとした商売を始めたの」

「伺っております、伺っておりますとも」

そうよね？　そういう理由で呼んだんだから。

「それで色々と訊きたいことが出てきて……とりあえず座ってくれる」

「では、失礼します」

早く終わらせたいから、早速本題に入った。

といっても、本当に商売に関する疑問だ。

なんでこんなに儲かるのかしら、この学園？

「――こっちの貴族家が――」

「――それは――」

なるほど。

さすがに熟練の商売人だけあって、わたしとは着眼点が違う。

勉強になる。

しばらく会話に没頭した。

あらかたの疑問が片付いた時に目的を思い出したので、ついでのように尋ねた。

それが良かったのかもしれない。

「それで、年間の仕入れを想定してみたのね？　こっちなんだけど……」

「なんと?!　金貨二百を超えられますか！　ペトラルカお嬢様の商才には頭が下がるばかり――」

ふむ？

「そうなの。金貨で〆て二百四十二枚。どう思う？　これとか高くなるから……」

「ご実家の年間の売上より多いではないですか！　……しかしこれは我が国では禁制の…………」

ハッとした表情で顔を上げるファン。


……どうしよう、見つけちゃったわ。


まだ心の準備とかできてないんですけど。

見つめあって沈黙するわたしとファン。

借りた教室には二人だけ。

静かだわ。

……あれ？　もしかして危険なんじゃないかしら？

そういえば、違和感を感じる人間もいたのよね？

それってつまり魔術を掛けられて――


「動かないで！」


「ぬっ?!」

そろりと自分の胸元に手を入れようとしたファンに杖を突きつけた。

「動くと頭が消し飛ぶわよ？」

そんな魔術まだ習ってないけど！

しかしこのハッタリは効いたようだ。

ファンは頬に汗を浮かべながら、ゆっくりと手を上げたからだ。

そんな凄い魔術を使える知り合いに、心当たりでもあるのかしら？

「……あなただったなんて……」

なんて言ってみる。

「……これは意外。まさかお前のような脳足りんが気づくとは」

失礼ね。

「既に呪文は唱え終わってるわ。あとは魔術を解き放つだけ……大人しくしてるのね」

こっちの考えが固まるまでね！

「ちっ。学園に根を入れられるかもと欲をかいたか？　しかし絶好の機会であった。これを見逃すわけには……まさか学園に入学したところから？」

「とうぜん、罠よ！」

ぐぐぐっと悔しそうな顔をするファン。

「おのれ、小娘が！」

「なによ、裏切者！」

動けないファンに得意げな表情を見せるわたし。

だけど内心はドキドキ。

ここから先は考えてなかったわ。

膠着状態に陥った室内に、再びノックが響く。

「失礼します。お飲み物をお持ちしました。昼食の時間も近く、食事を運ばせることもできます。ご要望があれば何なりとお申し付けください」

先程の小姓の声だ。

わたし、閃く。

これだわ！

とりあえずこいつを縛り上げて貰って、それから人を呼んで貰う。

完璧ね。

「入って！」

「失礼しま……こ、これは⁈」

驚きの声を上げる小姓。

そうね。杖を持って暴れた貴族が過去に居たらしいものね。

「不届き者よ！　犯罪者、犯罪者なの！　ロープとか持ってないかしら？」

「え？　あ、はい！　あ、あちらの棚の中にあります！」

あるの？

「悪いんだけど、取り出してそいつを縛ってくれる？」

「は、はい！」

「キツくね！」

ファンから目を離さずにいると、小姓がバタバタと駆ける音が聞こえてくる。

観念したのかしら？　随分大人しいわね。

「結びます！」

「気をつけてね？」

ロープを持ってきた小姓がファンに近づく。

浅黒い肌の白い髪を短く刈り上げた男の子だ。歳が近いのかわたしの背丈と近い。

ファンの後ろに回って腕を拘束した小姓が、こちらを見て言ってくる。

「終わりました！」

その青い瞳を見つめ返して——


「いい見たな？」


体から力が抜けた。

あれ？　なんで？

「杖を下ろせ」

小姓に言われるがまま、ファンに突きつけていた杖を下ろす。

わたしの意思とは無関係に。

これは……なにかしら？

声が出せない。体も動かせない。なのに向こうの言葉に従ってしまう。

「ありがとうございます」

ファンが頭を下げたのはわたしじゃない。

小姓だ。

それは両者の力関係を表していた。

「全くだ！　意外と才能があるのか残りのリソースの半分を使ったぞ?!　どうしてくれる！」

今までの態度はどこにいったのか、荒々しい口調で椅子に座る小姓。

それはわたしを全く脅威と見なしていない動きだ。

事実、わたしは全く動けない。

まいったわね。これは……マズいわね。

小姓の横に控えるファンはヘコヘコと頭を下げるばかり。

「扉を閉めてこい」

「は、ははっ！」

素早い動きで扉を閉めに行くファン。

そこには恐怖が見てとれた。

「……まあいい。ちょうど王都のが一つ潰れたところだ。これからのお前の動きを指示しておく」

「は、はいぃ！」

そこから、声を小さくしてのひそひそ話が始まった。

わたしにはどうすることもできない。

なんか魔物がどうたら、北がどうたら言っているけど、よく聞こえない。

そんな会話にも終わりが見えた時、ファンがわたしをチラリと見てきた。

いつもの視線だ。

「……あの、この娘の処遇なのですが」

「ああ？　適当なところで事故に見せかけて殺すが？　好きに操れるからな。自殺でも構わんがまたぞろ探られては面倒だ……」

「そ、それなら！　……わ、私が……頂いても？」

げ。

ちょっとちょっとちょっと?!

だ、誰かー！　誰かいませんかー?!　助けてー！　早く助けてー!!　できるだけ早く助けてー?!

こんなことなら少し怪しくなろうとも兵士の人を借りて圧迫面接よろしくやればよかったわ！

わあああああああ?!

しかしやっぱりわたしは神様に好かれているらしい。

頷き掛ける小姓に、三度響くノックが待ったを掛けた。

聞こえてきたのは知ってる声だ。

「私、シェリー・アドロア・ド・マリスティアン様が近衛、ジークと申します。主人より言伝《ことづて》を預かって参りました。こちらにペトラルカ様はいらっしゃいますか？」

犯人の声だ！

◇◇◇

「お茶会がしたいわ」


金曜日の放課後、自室に戻るなりお嬢様がそう仰った。

宿題が出てましたよね？　という言葉は従僕の心の中だけに留めた。

お茶の準備をしているメイド様がいるからだ。

余計な口を挟むべきではない。

どちらの不興も従僕は望んでいない。

「お誘いはいっぱいありますけどー……？」

首を傾げたのは、従僕からお嬢様の学業道具が詰まった鞄を受け取っていたリアディスさんだ。

恐らくは先日のお茶会での出来事が頭にあるからだろう。

バンバルゼの乱だ。

そのせいで王都へ憂さ晴らしに行くことになったのだから。

「どこの誘いをお受けしますか？」

紅茶で満たされたティーカップをお嬢様の前へと置きながら、ベレッタさんが言った。

この話題には、さすがの教育係も慎重だ。

その問いに、お嬢様は首を横に振って返した。

「違うの、レッタ。誘いなんて受けないわ」

「……お嬢様。私のことはベレッタと、どうぞベレッタとお呼びください」

「それでね？」

「ワフッ、ワフッ」

お嬢様は会話の途中でしゃがみ込むと、足下に駆け寄ってきたアルヴを抱き上げて続けた。

「わたしが、お茶会を開きたいの」

「主催者《ホスト》をされる……ということですか？」

「ほ……？　そう、それ。ホット」

紅茶が熱いのかな？

それがどういう意味なのかわかっているのだろうか。

ベレッタさんも驚きで、お嬢様が飲食の最中にアルヴに構っているというのに注意し忘れている。

お茶会を主催するということは、サロンの開催、つまりは――

派閥を作るということだ。

お友達皆無なお嬢様が？　無理だ。

「従僕」

「はいお嬢様」

なんすか？

ジッとこちらを見つめてくるお嬢様は、アルヴの手を取って爪で引っ掻くような動作を従僕に向かってされている。

全く意味がわからない。

「従僕は、わたしのお友達を誘ってきて」

また無理難題を。

いないものをどう誘えというのか。

「どちら様を招待されるのでしょう？」

「ペトラよ」

誰？

「畏まりました」

恭しく頭を下げて了承したが、ペトラって誰だっけ？

適当に名をつけた道端に咲いた花とかだと……さすがに探すのは無理なんですけど。

勘弁してください。

「……それは……でも確かに……お嬢様も公爵家のご令嬢。派閥を作ることに反対はしませんが

「……」

考え深げなベレッタさんにお嬢様が言う。

「ハバツ？　なーに、それ？　ベレッタ、ちゃんと聞いてた？　わたしは、お茶会が、したいの」

「ワフッ」

黙ってろ新入り。

「はい、理解しております。サロンを開かれるのですね？」

「違うわ。お茶会を、するのよ？」

互いに首を傾げるお嬢様とベレッタさん。

はいピンときた。

理解したのは俺だけじゃないようで、隣の鞄を抱き込んでいたメイド様も「あー」と納得されたような声を出した後に、うんうんと頷いている。

これ、そんなんじゃない。

「お茶会っていうのは、お友達とお茶を飲むことよ。今週の休日はエヴァとペトラとお茶を飲みながらお喋りしたいの。アルヴも紹介しないといけないわ」

いけなくはない。

「ね、アルヴ？」

「ワフゥ？」

さすがの犬も『え、そうなんすかねぇ？』と首を傾げている。

「お茶会、するの」

ええまあ、ご自由に。

「王都で」

待てコラ。


ペトラというのは、あの厩舎娘のことだった。思い出した。

あの、廊下にしゃがみこんでブツブツ言っていたヤバそうな女子生徒だ。しかも違法な帳簿を持っているというオマケつき。

不安が凄い。

いなかったことにしたい。

「ただいま来客を迎えております」

いなかった。


女子寮のエントランスだ。

寮付きのメイドを統括しているメイド長にペトラルカという女子生徒を尋ねた。

俺が行き来を許されているのは、お嬢様の自室のみで、たとえ部屋の場所を知っていたとしても他の女子生徒の部屋には訪問できない。

規則だ。

これが隣の部屋だとしても、面会にはエントランスにくる必要がある。

「そうですか」

なら仕方ない。うん。仕方がないことだ。従僕は精一杯やった。無念、ああ無念だ。

お手数をお掛けしました、そう言って下がろうとしたところでメイド長が手元の紙を読みながら言った。

「空き教室を借り受けての歓談、とあるので……そちらの方に行かれてはいかがでしょう？　女子寮の自室に男性を招き入れるには問題がありますが、公共の場で話される分には、その方が楽かと。言伝なのですよね？」

俺はメイドが大っ嫌いだ。

「ええ」

悪魔の誘いとか、それ系の。


ある者を探せと言われて、どこまで追うべきなのかという解釈は、仕える者の考え方によって変わると思うのだが……。

空き教室におります、これをお嬢様に伝えたとしたら「じゃあ地の果てまで追いかけて」とこう返されるだろう。

それって何処でも一緒だな。

ならもう仕方がない。

学園の廊下を歩きながら、そう自分を慰める。

放課後であるせいか学園には人が少ない。

時折聞こえてくる声が廊下に反響するほどなので、その数も察せる。

ガラス窓から覗く中庭は、公爵邸の森を思い出すほどに静かだ。

雲一つない晴天とあってハッキリとわかる。

中庭、と呼んでいるが森と呼んでも差し支えないほどの木々だ。ただ木の高さや枝の細さから、そう整えられていることが窺える。

レンガでできた遊歩道と、足休めのためのベンチ。

恐らくは、学生の気分転換を目的とした散歩道なのだろう。

お嬢様が駆け出しそうだ。

でもお嬢様の授業はこちらの校舎でやらない。

研究棟と呼ばれているこちらの校舎は、主に教師や学生同士の研究会と呼ばれる組織が利用するからだ。

商売も研究と見られたのだろうか？

そんなことを考えていると、ペトラルカがいるという空き教室が見えてきた。

相手は平民だが、こういう場合いきなり扉を開けてもいいものなのか？

部屋の中には、他の人の気配もする。

やはり失礼のないようにノックと名乗り上げぐらいするべきだろう。

軽く扉をノックする。

「私、シェリー・アドロア・ド・マリスティアン様が近衛、ジークと申します。主人より言伝を預かって参りました。こちらにペトラルカ様はいらっしゃいますか？」

ややあって、ペトラルカの声が聞こえてきた。

「はーい、今行くわー」

そうか。

ガラリと開いたドアからは、ペトラルカ自身が出てきた。

「ハイ！　あの子からの言伝？　もちろん歓迎するワ」

ニコニコと笑みを浮かべるペトラルカ。

先日と違って目の下にクマはない。

チラリと覗いた室内には、頭頂部が寂しい豊満な肉体のオヤジが腕を組んで偉そうに椅子に座っていて、その隣には使用人のように見受けられる歳若い男の子が手を体の前で合わせて立っている。

ペトラルカが座っていたであろう椅子に机を挟んで対面に。

机の上には乱雑で無作為に並べられた某《なにがし》かの資料。

作戦の決行中のようだ。


そして当たりを引いたらしい。


「……ありがとうございます。しかし来客中のご様子。折を見て、もう一度訪ねさせて貰っても？」

「――そうねえ。そうしようかしら？」

馬車の車輪を交換する際に、手っ取り早いからと荷を積んだまま持ち上げようとするほど面倒くさがりなのに、ちょっとした言伝を後回しにするだろうか？

違和感はまだある。

この場の最有力者はペトラルカだ。呼ぶのは実家の雇われ人か奴隷。

つまり立場的に下の人物の筈。

なのに扉を開けたのはペトラルカ。

使用人っぽい男の子もいるのに？　また中にいる人物は、それをあたりまえのように受け入れている。

従者であれば誰でもわかる拭えない違和感。

この状況を作った誰かは、これで取り繕えていると思っているらしい。

つまり上からの景色が馴染んでいる人間だ。

偉い立場の人間だ。

命令する側の人間だ。

……どうしよう、これ。

この作戦の欠陥は、実行者の危険度だ。

帳簿に魔術が掛かっていたのなら、相手は魔術師かその関係者となる。

たとえペトラルカが魔術師でも警戒をせざるを得ない相手。

厄介だ。

正直、もう言伝を伝えて帰りたい想いもある。なに。九割ぐらいだ。そこまで薄情じゃない。

しかしこれは俺が原因………なのかもしれない状況だ。

断定はよくない。あくまで『かも』。決めつけもよくない。

大体、相手が危険な奴かもしれないなんて言われなくてもわかるだろ？

取引品の項目に禁製品があったのだから。

いやまだ危ない目には遭っていないいんじゃないか？

ケガもないし。

ただ言動が極端におかしいってだけで。

案外なんでもないのかも……。


「わっ」

「ワフッ」

わあああああああああ?!


心が見なかったことに傾きかけていたところで、後ろから声を掛けられた。

驚くほど近い。しかしこれまで受けたお嬢様の訓練《わがまま》のおかげか、表情には出さなかったが。

いやそれよりも。

聞き覚えのある声だ。

聞き馴染んだ声だ。

きっと幻聴さ。

振り向く。

人間の敵である筈の魔物を手にした悪魔が、満面の笑みでそこにいた。


「おどろいた？」

「死ぬほど」

お嬢様《おまえ》じゃなければ、ぶっ飛ばしていたところだ。

人の目があるところなので跪く。

なんで今なのか。

勘弁してくれ。足りない？　勘弁してください！　どうぞ勘弁なさってください！

「尾行してみたの」

「左様でございますか」

「面白そうだったから」

ぶっ飛ばすぞ。

「お嬢様のお役に立てて……」


——いや待て？


なんでこんな気配も存在もうるさい奴の尾行に気付かなかったのか。

お嬢様なんて五百歩離れていてもその存在に気づくほどのうるささなのに。

しかし考えに耽る暇もなく、事態はマズい方向へ進む。

「あ、ペトラ」

「ハーイ、シェリー」

従僕が片膝をついたので、遮る者がいなくなった両者の視線が合う。

両者笑顔で片手を上げて挨拶を交わす。

一人は自分の手を。

もう一人は魔物の前脚を。

「どうしたの、その子？」

「これは……あれ？　お客様？」

「――そうなの、今ちょっと大事なことを話していて」

「ウウウウウウウ！」

中を覗くお嬢様。抱き上げられたアルヴも、自然と中を見ることに。

途端に唸り始める犬畜生。

たった今、ここにきたお嬢様たちには事情はわからないはずなのに。

凄まじい野生の勘だな。

おい、余計なことすんな。

「どうしたのアルヴ？　ダメよ。知らない人だからって吠えちゃ。ダメ。わかった？」

「……クゥン」

だってだって！　と言うようにお嬢様の腕の中でそわそわするアルヴ。

それをお嬢様が宥める。

「――この後なら用事なんてないから、その時でいいかしら？」

「ええ、そうね。ごめんなさい、アルヴったら興奮しているみたいで」

いかにもな『今、取り込んでいます』という雰囲気で眉を下げるペトラルカが話を畳みに掛かる。

それを聞き流すように片手でアルヴを抱えて宥めていたお嬢様が、ついでといった感じで、いま思いついたとでも言わんばかりに、ペトラルカに話し掛けた。


「あ、そうそう。――ねえ、ペティ？」

「なーに、シェリー？」

ああ、ちくしょう。


こういう不意をつかれることに慣れていなかったので見逃していた。

お嬢様は――いつから従僕の後ろに立っていたのだろう。

そういう風に見えたから、つい、たった今来たと勘違いしてしまった。

気づいている、気づいているよなぁ……。

教室の中を見たのは、見定めるためなのだろう。

お嬢様の問いに愛想良く返すペトラルカ。

思わず、なのだろうか。

気配も、姿形も、匂いさえペトラルカだ。

しかしその意思は本人でないのだろう。

お嬢様はペトラルカを見つめ、珍しく無表情だ。

従僕の頬を汗が伝う。

「ペトラは、ペティって呼ばれることを嫌っているわ」

「……」

その一言にペトラルカの表情も抜け落ちた。

両者が互いの杖を抜いた。

近距離であったため、まるで剣を合わせるように斬り結ぶお嬢様とペトラルカ。

どうなっているのか、杖が接触した部分を起点に水蒸気が膨れ上がる。

それはまるで煙のように視界を奪い、教室と廊下に充満していく。

「従僕、ここはいいわ。中の二人を捕まえて。ペトラを元に戻さなくちゃ」

畏まりましたとは言えない。

バカなの？　とも言えない。

「大丈夫よ。まだわたしたち一年だもの。大した魔術は使えないわ。ちょっと火傷するぐらいね」

打ち首ものですけど？

ちょっとペトラルカをぶん殴れば済む話では……。

「ペトラを傷つけちゃダメよ？」

……。

カンカンと杖を打ち付けあっているのだろう、高い音が響く。

ああ?! 肌に打ち身跡でも残ろうものなら、従僕にも消せない傷がつくというのに!

「直ぐに戻ります! 頼むぞアルヴ!」

「ワフッ!」

それしか言えねえのか!

突然始まってしまった杖の打ち付け合いと、それを原因とする不可思議な効果……あとお嬢様の我が儘に対応が遅れた。

しかも水蒸気が視界を奪うために逃げやすい。

お嬢様って敵かな?

敵だな。

ちくしょう。

とりあえず教室の中、机のあった辺りに向かって突進した。

派手に机と椅子が跳ね飛ばされ轟音が響く。

間違ったかな?

「ひ、ひいいい?!」

そっちか。

教室の後ろの方でバタバタという音と、動揺していたせいで取り逃していた気配を捉えた。

二つ。

これだ。

何かにぶつかることを気にしていたら追い付けない。相手も逃走経路を確保していたのか速い。

全力で駆け出す。

閉められていた教室後部の扉をぶち破って廊下へ。

水蒸気が瞬く間に捌《は》けていく。

目標を直ぐに見つけた。

「ひゃあああああああ?!　ば、化け物だ！」

俺の主人を悪く言うのはやめろ。

ちょっと水蒸気が出せるだけだ。

小柄な影の方が速い。体重差を見るにそれは当然。しかし大きい影を気にする素振りすらないのは――

あちらがより上位者だからだろう。

絶対に逃せない。

行き掛けの駄賃とばかりに大きい影の腹を殴りつける。

「ぐぼえあ?!」

天井へと飛んで鈍い音を響かせて落ちてくる大きい影。今度は水袋を落とした時のような音が響く。

こちらをチラリとも見ずに小さい影は廊下から中庭へ。

やはり立場的に上のようだ。瀕死のオヤジはどうでもいいのだろう。

ペトラルカを元に戻すというお嬢様の意に沿うためには、絶対に逃せない。

従僕もそれを追いかけて中庭へ出た。

そこで——

「もしかして、逃げてるとか思われてたんなら……心外だなあ。その必要もないのに？」

——まるで壁のように、追いかけていた男の子の前に、いやに見当たらないと思っていた教師や生徒がズラリと並んでいる。

こちらに、杖を向けて。

ペトラルカのように、表情をなくして。

「リソースがもったいないからね。君のような魔術師でもない奴はいらないや。悪いけど、殺すね」

貴族様の壁の奥で、浅黒い肌をした白く短い髪の少年が、青い瞳をこちらに向けて、そう言った。

それに従僕は諦めたように溜め息を吐き出して、応える。

「お嬢様がハッピーエンドをご所望だ。悪いが、その物語《ストーリー》は俺が書き換える」

本意ではないけど。

開戦の合図は人一人呑み込めるような火球からだった。

レファイアス様の火球って、本当にまだ一年生が出す程度のものだったんだなぁ……。

その速度は思ったよりも速くなかったため、集団から円を描くように逃げ出した。

弾けとんだ火球が爆風を生み、背中を煽る。

後ろから飛んできたレンガの破片を掴みとると、白髪青目のあの野郎に向かって投擲する。

しかしそれは、生み出された氷の壁に阻まれた。

罅が入ったその氷壁の向こうで奴が笑う。

「なかなかやるね？　君が死ぬまで暇だし、自己紹介でもしようか？」

「お構い無く」

「僕の名前はティアマト」

「お構い無くっつってんだろ、耳がねえのか？」

公爵家のご令嬢か？

林を利用して目標に近付こうとする俺に、蔦が巻き付いてくる。

構わず引きちぎりながら走る。

四方を囲むように土壁が屹立する。

構わずぶち破って走る。

無数の小さな火球が飛んでくる。

構わず当たりながらも走る。

「……ねえ、君って人種なの？　ちょっと興味が出てきたよ」

「俺はノーマルだ」

一周して元いた所に戻ってきた。

ダメだ。穴がない。野郎の周りに教師や生徒が二十四人。なんだそれ。ありかよ。ちくしょう。

最初の火球で大穴が空いた廊下を背に再び対峙する。

相変わらず貴族様の壁という、この世で最も強固な壁の後ろでニヤニヤしている白髪小僧。

その青い瞳が怪しく輝く。

「その気はないって言ったが？」

目が光るってなんだよ。

「……へえ。いまあるリソースじゃ足りないみたいだ。ねえ君、自分に何らかの才能を感じたことってある？」

「奴隷の才能ならあると自負している」

足下にあるレンガを踏み割って弾を確保する。

二十五発はいる。

させじと速さ重視の風の刃が飛んでくる。

火球とはその速度も数も違う。

なにより見にくい。

必死に感じとって躱していく。

手にできたのは、大きめの塊が二つ。

十分だ。

その場に踏ん張り、腕に力を込める。

足を止めてしまったせいか風の刃が頬を浅く切り裂いていく。

同時に白髪小僧に向かってレンガの塊が飛ぶ。

威力も速さも先程の比じゃない。

いける！

再び生まれた氷の壁がレンガを阻む——が、今度は粉々に砕けて威力は弱まったもののレンガが通った。


そして次に生まれた土の壁が貫通してきたレンガを受け止めた。


「……」

「ふふふ、魔術師が一人や二人なら今ので良かったかもね？　ふふふふふ、くっ、あーっはっはっはっはっ！　凄い、凄い！　大したもんだよ！　はははははは！　——だからなに？　生き残れるとでも思った？」

周りの貴族様が邪魔だな。

だからこれは仕方ない、仕方がないことなんだ。

寝ても覚めても、一度ぐらいは貴族様をぶっ飛ばしたい、なんて考えたことはありませんとも。

ええ、もちろん。

でもお嬢様の命令なんで。

溢れ出る戦意に反応したのか、心臓の奥の奥から、ホロホロと何かが漏れ出てくる。

なんだろうと構わない。

フツフツと感じるこれは怒りだろうか？　そんなことはない。戦意だ、戦意。

ただあのニヤケ面をへこませてやろうという戦意だ、くそ餓鬼め。

貴族様の壁が杖を向けてくる。

だからなんだ？

「さあ、あっさり片がつくと思ってたから意外と時間をくってしまったよ。悪いけど、戻って色々とやらなくちゃいけないことがあってね？　君と違って暇じゃないんだよ」

詠唱が重なって響く。

先程の数倍になる大きさの火球が生まれグルグルと回転し始める。

まだ大きくなるようだ。

どちらにしろ避けていたら力を込められない。

投擲の姿勢をとる。

腕に伸びていく何かが手にした土塊にも絡みつく。

「ああ、そうそう。君の主人？　あの、子犬を抱えてた子。心配しなくてもいいよ？　ちょっとびっくりするぐらい綺麗だったから――僕が飽きるまでは、生きていられるさ。これで心残りもないだろう？」

ブチッ

くたばれ。

発射は同時だった。

比べるにも小さな土塊は早々に発火して火球へと飛んでいき――それを突き抜けた。

しかし火球はそれで勢いを失うことなく、投げ終わった姿勢の従僕を押し潰した。

用心のためなのか、氷や土でできた壁が重ねて四枚、白髪小僧の前に展開される。

ただ投げられた土塊が突き刺さったのは、その手前の地面だったが。

貴族様の壁の下の地面が爆散する。

土がめくれ上がり、焼け焦げた木の根が土砂と共に降り注ぐ。

その上に立っていた貴族様も白髪も、氷や土の壁でその衝撃から逃げることはできず吹き飛ばされる。

従僕もただでは済まなかった。

轟音と共に校舎が揺れ、従僕のいた地面を中心に抉《えぐ》れ焼け焦げていく。

爆風は貴族様の壁も影響範囲に入れていたが、先に従僕の土塊が起こした衝撃のおかげでその魔手から逃れていた。

――咄嗟に腕で目を守った。

しかし衝撃と熱さから逃れられず、吸い込んでないのに肺が焼け皮膚を炙られ上下の感覚がなくなり体の全体を満遍なく叩きつけられるような感触を味わった。

長い……実際に被害にあっていたのは数秒なのだろうが、多大な精神力を消費して目を見開く。

そこには——人間の営みなど嘲笑うかのような青空が広がっていた。

かなりの高さを鳥が飛んでいるのか、黒い豆粒が右から左へと横切っていく。

……赤だと怖いですもんね。

「ゴホゴホゴホッ！　ヒュー、ハー……ゴホッ……はあ」

生きてる。これも日々の鞭打ちで鍛えられた体のおかげならお嬢様に感謝しないとな。くそったれ。

上半身を起こすと、左足が変な方向に曲がっていた。

……確認すると痛くなってきた。

キンキンと頭に響く痛みを堪えながら体を確認する。

目を庇った右腕だけ焼け焦げて上手く動かせない。

が、他に支障なさそうだ。

平気。……ぐうぅぅぅっ?!

「はあ、はあ…………はあぁぁぁぁ……」

前回は気づいたら怪我が治っていたので、意識が残っているせいか前より辛く感じる。

片足で踏ん張り、なんとか立ち上がると、放物線に広がる元貴族様の壁から誰かが身を起こした。

「よりによって……」

「ハア、ハア、ハアッ！　……クソッ?!　めちゃくちゃな奴め！」

お前に言われたくない。

スッと立ち上がったので足に怪我はしていないようだが、血の筋が残る片目を瞑り右手で左腕を押さえているところを見るに、ダメージは大きそうだ。

が、しかし……。

「まだ……逃げるぐらいはできるよ？」

こちらの考えを見透かしたようにそう告げてくる白髪小僧。

「まだ追いかけて首ねっこ捕まえてボコボコにするぐらいできますけど？」

嘘だ。

正直もう倒れたい。

「ハッ、やってみるといい」

従僕の足を見てニヤリと笑う。

しかし警戒は解かずにジリジリと下がっていく白髪。

片足で跳ねるように追いかける。できる。お前ならやれる。たとえ動く毎に頭が痛くても。やれるやれる。頑張れ。あと……あ。

自分を叱咤していたところで、白髪が逃げようとしていた先から誰かが駆けてきた。

どうやら増援のようだ。

「おい、大丈夫か?!　なにが…………あ」

「会いたかったよアレン！　親友！　助けてくれ！」

従僕の。

ここぞという時に駆けつけてくれる英雄を、俺は満面の笑みで出迎えた。

――なんで嫌そうな表情をしているんだろう？

アレン・駆けつける

「なんで手紙を届けに行ったのに手紙を届け忘れるのよ！」

……色々あったんだ。


王都の大通りをブラッディーベアの変異種を荷車に載せて通った次の日。

俺はエヴァから説教を受けていた。

反論できない。

依頼主であり説教の内容もグゥの音も出ない本当のことだからだ。

外では新しい英雄だなんだと囃《はや》し立てられているが、お使い一つまともにこなせない冒険者だ。

なんて、言うと思ったか？

「だから言っただろ?!　これはシェリーお嬢様の命令で……」

「ああ?!　開き直ったあ！　シェリちゃんの命令はわかるけど素直に『忘れましたごめんなさい』って言えばいいじゃん！　会ったんなら手紙渡せたでしょ?!　バカ！　ドジ！」

「さっきから謝ってるだろ?!　悪かった、すまない、って何度も！　なのにグチグチグチグチと何時間も責めやがって！」

「ごめんなさいよ、ごめんなさい！　ごめんなさいって言うの！」

「ああ！　ああ！　ごめんなさいごめんなさい！　これでいいか?!」

「ぜんっぜんダメ！　信じらんない！　今日から毎食豪華飯でエール付きだから！」

「なんでだ?!」

「あたしの分もね！」

「だからなんでだ?!」

口では勝てない。

その日から本当に毎食豪華な食事を取ることになった。

しかもエヴァの分も払っているのに、あからさまに『不機嫌です』という態度を取られて居心地悪い思いもするという。

なんだこれ。


不機嫌な顔でトライデントへの道を歩いている。

あのブラッディーベアの変異種は、ブラッディーベア・ロードと名付けられその危険度も上級レベルと認定された。

これにより冒険者ギルド本部から昇級の打診と呼び出しがあったのだが――それを蹴ってエヴァの依頼を続行中だ。

そもそも上級冒険者ほどの実力もないのだから、そっちはいい。いいんだが……。

ブラッディーベア・ロードの素材の売却は少し時間が掛かる。なんでも珍しいのでオークションに出品したいと言われたことがその原因だ。

なるべく大きく儲けた方がシェリーお嬢様も喜ぶだろうと思ったので、これを了承した。

なので金の受け渡しはかなり後になる。

手紙もその時にまとめて渡した方が、何度もトライデントを往復する必要がなく合理的だとエヴァに説明したのに……。

エールの数が日に日に増え、それに比例してエヴァがネチネチと絡んでくるのだ。

俺は早々に音を上げた。

少しでも赤字を補おうと、徒歩でトライデントへと向かっている。

見えてきた門に、またも並ぶ。

もう慣れた。視線も気にならない。

エヴァの言葉を借りると開き直ったからだ。

門番に囲まれ、しかし今度は許可が出ているからとトライデントの中に入れた。

しかし移動は兵士付きの馬車だが。

トライデントの外壁を考えるとありがたい。ここは王都に匹敵するほど広い。

「マリスティアン公爵家ご令嬢の近衛、ジークの下へ」

シェリー様が住まうのは女子寮だという。なら、接点のあるジークに手紙を渡して届けて貰おうと思ったからだ。

トライデントの中を行く馬車に揺られながら、許可とは何の許可だろう？　と考えていた。

今回の手紙を届けるクエストは冒険者ギルドにも公爵家にも言っていないのだが……。

いや、聡明なお嬢様のことだ。きっと全ての意を汲んでくれているに違いない。

……そう思うと、一目会っておきたいという想いも膨れてくる。

しかしその気持ちに水を差すように御者が到着を告げてくる。

「着きました」

……まあいい。

ブラッディーベアの素材代を届ける時がある。

宿屋の娘の手紙を届けるよりもきっと喜んでくれるだろう。

馬車を降りて、今度は学舎に入る手続きを取った。

何故か女子寮や男子寮ではなく学舎の中にジークがいるからだ。

……そういう決まりでもあるのか？

面倒な書類に誓約をしていた時だった。

轟音。

耳に残る音と共に建物が揺れた。

高い壁を超える程の火柱が立つのが見えた。

これがトライデントの普通ではないことは、慌ただしくなり始めた兵士の様子で気付いた。

「おい！　あそこに人は?!」

「あ、あっちは……あちらは研究棟の方で、いやでも……」

「誓約は書いた！　失礼する！」

「あ、ちょっと！」

何故か二の足を踏む兵士をよそに、火柱が立った学舎目掛けて駆け出す。

速度が足らない。

剣を抜き、『身体能力強化』を発動する。

風のように速く走る。

追いかけてきていた兵士たちを置き去りに。

黒い煙の中心地へ。門を抜け廊下を駆け、たどり着く。

ちょっとした森のような庭だ。

「おい、大丈夫か?! なにが………あ」

「会いたかったよアレン! 親友! 助けてくれ!」

――損をしたと思うのは筋違いだろうか?

たとえばそこに倒れている黒いローブを着た女性なんかがそう言ってくれたら、少しは想像に近い状況だったと感じる。

いや、わかっている。相手は命の恩人だ。元気そうに見えるが、腕が黒く焼け焦げ足が変な方向に曲がっている。これは窮地だろう。

対峙するのは……浅黒い肌の、白髪の少年?

どんな状況だ?

「そいつを逃がさないでくれ! お嬢様のご命令なんだ!」

「そうか、お嬢様のご命令とあらば……」

「いやいや、遅いよ」

青い瞳をこちらに向けてニヤリと笑う少年。

その距離は近く、十歩もない。

何が遅いのか？

油断せず剣を構えるが、少年は一歩も動かずに——ただ瞳を怪しく輝かせるばかり。

何に反応したのか、持っていた剣が紫に光る。

「な?!」

「……それで、遅いってのはなんだ？」

何に間に合わなかったんだ？

「なんかその目を光らせるのが決めポーズみたいなんだ。そっとしといてやれ」

……ああ、そういう……。

……俺も、そういう時期があったな。

わかる。

だからというわけじゃないが憐れみを視線に乗せて、諭すように言葉を紡いだ。

「なんというか……現実を受け入れられないのはわかるが、大人しく観念しろ。そしたらせめて苦しまないようにと口添えしてやる」

惨状を見るに死は免れないだろうがな。

たとえこいつが貴族だったとしても、倒れている奴らもほとんど貴族だろう。免責されるとは思えない。

「……ふ、ふふふ」

とうとう気が触れたのか笑いだす少年。

「くっ、はは……アハハハハハハハハハ！」

ヤバい奴だ。

「おい、お前が捕まえろよ。お前がシェリーお嬢様から受けた命令なんだろう？」

「ははは、何を今更。おいしいとこ持っていくのが英雄の仕事だから」

お前の中の英雄ってどんなだ？

「ハハハハハハハハハハハハハハハハハハハハハ!!　君たちが悪い！　君たちが悪いんだ?!　僕を追い詰めるからこうなる！」

互いに手柄をなすり付け合っていると、白髪の少年に変化が見られ出した。

肌が黒くなっていく。

もはや浅黒いとも呼べない夜の闇のような肌になった少年が叫ぶ。


「来いグリン！」


すると空気を切り裂く音が耳に届いてきた。

「……勘弁してくれ」

ジークがそう呟いて空を見上げている。

俺も釣られるように空を見上げると、何か黒い影のような物が近づいてくるのがわかった。

段々と大きく……。

「嘘だろ……」

　羽を広げた姿は雄大で、体に纏う鱗はどんな攻撃も通さず、口から吐く息はあらゆる物を消滅させる、最強生物。

　竜が、目の前へと降り立ち咆哮を上げた。

◇◇◇

　今まで何度も、死ぬんだろうなあ……って思ったことがある。

　しかし今回のこれはその比ではない。

　神このくそったれ。

　俺はあんたが大嫌いだ。

「アレン！　一先ず……」

「ああ！　わかってる！」

　逃げよう、って言おうとしたんだけど？

　アレンは近くで倒れていた生徒を引っ掴むと、建物の中に飛び込んで——また出てきた。

　剣の柄を口に咥え、両手に持てるだけ持って倒れた貴族様を避難させていく。

　違う。

「くっ……！　どいつもこいつもボロボロだ！　まだ辛うじて息はあるが、なんて酷いことをっ

「……！」


ごめん。それは俺だね。

正直、倒れている貴族様はどうでもいいが、アレンが殺されるのは困る。

しかし竜の相手はなあ。

チラリと竜の方を見ると、何故か苦しそうに首を振っていた。

ブンブンと首を振っては、悲鳴のように吠える。

そのけたたましい咆哮で窓ガラスが何枚も割られていく。

「くっ！　……言うことを、っっっ、聞けっ!!」

更に肌を黒くする白髪小僧。その侵食は顔にまで達していた。

するとどうしたことか、先程まで荒ぶっていた竜が突然大人しくなった。

マジかよ。人を操ることができるんだろうなあとは思っていたが、まさか魔物、それも竜も操れるとは。

「化け物だな」

「……っつ！　ハア、ハア……君に、言われたくっ！　……ないなぁ……」

胸を押さえて息を荒くする白髪だったが、その表情はニヤケている。

こちらをどうにかできる算段がついたからだろう。

アレンを引っ摑んで逃げる。それが最善。それしかない。

だから。

「ドラゴン……悪いドラゴンね」

その声が響いてきたことに、本当に心臓が止まるかと思った。

首がもげそうな速度で振り返ると、満面の笑みを浮かべたお嬢様が腕を組んで仁王立ち。足下には主を守るとばかりに鼻息も荒いアルヴ。

従僕が色んなものを飲み込んで耐えていると、お嬢様は腕を解いて、持っていた杖を竜へと差し向けた。

「いざ！」

「いざじゃねえ！」

叫んでお嬢様に飛び掛かると、その腰を片手で抱いて建物の奥へと飛びすさった。

アルヴも機敏についてくる。

その直後。

今の今までお嬢様が立っていた場所へ、人を丸呑みにしても余りある大きさの熱線が通り抜けていった。

壁も廊下も、後には何も残らない。

何かが焦げるような臭いがするばかり。

……。

「危ないわね」

「同感です」

片足だが全力で飛びすさる。

トンッ、トンッ、トンッ、とリズム良く、途切れないように。

すると追い掛けてくるように続く熱線。空き続ける穴。

横薙ぎの熱線がこないことが救いだ。巨体のせいか旋回速度が遅いんだろう。

「ワフッ、ワフッ！」

「ああ、全くだな！」

「すごい、じゅーぼく。ねえ、どうやったらアルヴが言ってることがわかるの？」

黙ってろ！

「……お嬢様、ペトラルカ様はどうされたのですか？　てっきりお嬢様が抑えてくれているものかと」

ほらほらお友達どうした？　恐らくはもう二度とできないであろう大切なお友達は。こんな中うろうろしてたら死ぬんじゃない？　抑えててよ。

「ロープが落ちてたの。だから縛った」

「ワフッ」

神様、そんなに俺が嫌いか？　俺はもっとずっと嫌いだから。

得意そうな顔のお嬢様を投げ捨てたくなる。だが我慢だ。俺は大人だ。これは仕事だ。こんちくしょう！

「それより従僕、悪いドラゴンを撃退しないと」

ああ、ほら！　言うと思った！　どこで培ったんですか？　その正義感！

従僕の言葉はこうだ！

「畏まりましたあ！」

ヤケクソ気味に叫ぶ。

それに何故か嬉しそうに笑うお嬢様。

状況わかってる？

これ以上の進路は取れない。

直に、あの空き教室だ。

流れ弾でペトラルカが蒸発する。

それをお嬢様は望まないだろう。

だからこっちだ！

ガラスの割れた窓を更に突き破って外へ飛び出す。

見通しのよくなってきた庭に着地すると、竜の火口がこちらを向いていた。


「こっちだああああああ！」

「ちぃ！」


自分の存在をアピールするように、アレンが叫びながら白髪に襲い掛かった。

それを守るために、ブレスを止めて爪を振るう竜。間一髪でアレンが後ろへと飛ぶ。

最初からその意識を後ろに置いていたので、こちらに攻撃させないための陽動だったのだろう。

奇襲なら声を掛けたりしないしな。

凄いぞアレン！

足下の石を拾ってアレンの援護を！　……と思ったのだが。

両手が塞がっている。

片手は怪我で。片手は餓鬼で。

ここはアレンに頑張って貰おう。

何より片足だ、細かい動きができない。狙いもつけられないんじゃないか？

横っ飛びを繰り返し残っている木々の間へと逃げていく。

「木が燃えちゃうわ、火事になっちゃう」

今それが大事か？

お嬢様は抱きかかえられながら杖を振って放水している。

「ワフッ！　ワフッ！」

こんな危機的状況なのに楽しそうについてくるアルヴは意外と大物なのかもしれない。

そういえば、あの熊にもこの竜にもビビっている様子がない。

既に大物だ。

この状況で亡き者にできないかな……。

「従僕、木が……」

「大丈夫です。ちょっと燃えたぐらいで木はへこたれたりしませんから」

「飛んでくる」

うん？

お嬢様の視線を追うと、根元から引っこ抜かれた木が上空から迫っていた。

木を引っこ抜いて投げているらしい。

こちらの炙り出しと見通しのいい視界の確保を同時に行える、良い策だ。助けて。

トントンと片足でタイミングを計って落ちてくる木を横っ飛びで躱していく。

右に左に。

上に下に。

お嬢様に当たらないように。

「従僕。わたし、ちょっと目が回るんだけど……」

「申し訳ございません！」

そのまま吐けば？

体ごとブンブンと振り回されているからだろうな。ちぃ！　犬め！　機敏に付いてきやがる！

実は危険な魔物なんじゃないか？

「こっちだ！」

白く光る抜き身の剣を手にしたアレンが、身を低くして手招きしている。

いつの間にか中庭の奥へと回ったのか。ああ……もうそこしか逃げ込む場所が残ってないもんな。

隣へ転がり込むように飛び込んだ。

「よおアレン。久しぶり」

「六日前に会ったばかりだぞ」

「ほんと、全く、毎回タイミングがいいな。さあ、あのドラゴンをサクッと殺《や》ってくれ」

「できるか！」

「そこをなんとか」

頼むよ。

「ワフッ」

お前じゃない。

『任せて』とばかりに地面を前肢で掻くアルヴ。

じゃあ逝ってこい。

心配事が一つ減る。助かるよ。

「従僕」

「失礼しました、お嬢様」

ゆっくりとお嬢様を地面に降ろしていると、咆哮が聞こえてきたのでそのまま全員で頭を下げた。

車座になって作戦会議を行う。

議題は、痛くないように死ぬ方法とかだろうか？

「どうする？」

そこは「どう逃げる？」だろ、アレン。

「こういう時は……各々ができることを確認するのが大事なのよ。昔、物語で聞いたもの」

昔の俺、なんてことを……。

「わたし、水が出せる」

飲み水に困りませんね？

「ワフッ」

黙ってろ。

「……この剣の能力が十全にわからないのですが、『身体能力強化』と『魔術刃生成』は使えるようになりました」

「任せた」

「任せるな！」

いやだって、他の面子を見てくれ。

くそ餓鬼に犬畜生に重傷奴隷ですよ？　どうしろと？

「ほら、従僕も言わなきゃ」

なんで少し楽しそうなんですか？

「殴る、走る、持ち上げる、奴隷技能全般」

「……つまり？」

アレンが続きを促す。

「誰にでもできることなら。でも今は無理かな。痛さで死にそう」

「…………そうなのか？」

そう。

こうしてる間もズキズキが止まない。

「なら……」

ならなんなのかは、わからなくなった。

突然の突風に周りの木々が斬り倒されたからだ。

咄嗟にアレンを引き倒し、この身はお嬢様の盾とした。

風の刃が迫る。

キン、というかん高い音が聞こえた。

……覚悟した痛みは、しかしいつまでもやってこない。

なぜなら。

半球形の白い光の壁が、俺たちを覆っていたからだ。

「ワフッ！」

尻尾を激しく振っているアルヴの角が、同じ色に光っている。

綺麗さっぱり斬り倒された木々の中で、アルヴの周りだけ抜き出したように被害がない。

そうだ、お前、あれだ。

魔物だったな犬。


「見・つ・け・た」

しかしすっかり見通しが良くなってしまったせいか、縮尺のおかしいトカゲと白髪小僧と目が合った。

——もうここしかないな。

「アルヴ。お嬢様を頼む。アレン、いくぞ！」

「いくのか?!」

逝く。

「今の攻撃を対峙した時に直ぐにすれば早々に片がついていた——のにしなかった。多分、出すのに時間が掛かるんだ。相手に時間をやれない」

なによりこっちは体力が減る一方なんだ。早目に決めないとジリ貧だろう？

従僕の人生みたいに。

「わたしは？」

「火を消してください」

二人で飛び出して左右に分かれる。

的を絞らせないためと、お嬢様から気を逸らすためだ。

アルヴのあれが熱線も防げるかわからない。

竜が動く。

狙いは……俺か！

より距離が近い方から狙っているのだろう。竜の爪が襲い掛かってくる。

どんな刃より鋭いと言われる爪が目前に迫る。

「お、っらあああああ！」

「グオオオオオオ！」

左拳で叩き落とす。

しかし返しに反対の手が襲ってきた。

右にも左にも逃げられない。

なら前に！

渾身の力で飛び込んで、竜の胸元にぶち当たった。

全力での体当たり。しかし結果は、その緑の鱗が数枚砕けて舞うのみという。

「グオオオオオオ?!」

いや無理でしょ？

竜に、まるで体に虫がついたとばかりに払われて地面へ叩きつけられる。

「がっ！」

「ジーク！」

……まだ生きてますよ。

肩から変な音がしただけさ。

「素晴らしく頑丈だなぁ。残念だよ、いい操り人形になったのに」

魔術を使えない奴はいらないんだろ？

フラりと立ち上がった俺に、今度は竜の後ろに隠れた白髪小僧が呆れ混じりの視線を投げ掛けてくる。

今ので左腕も上がらなくなってしまった。

アレンが白髪小僧を狙って竜を牽制する。
おかげで追撃はこなかった。
しかし、残された右足も、ガクガクと震えている。
限界が近い。
震えながら立つ従僕を、クスクスと白髪が笑う。
ああ——

「笑ってろよ？　後悔させてやる」

「あはははは！　あまり笑わせないでくれる？　もしかして、そういう口撃？」
先程気づいたのだが、俺の中にある変な力。
これにはリスクがある。
まるで体に合わないのだ。足や腕が折れたのは、何も火球だけが原因ではない。
自分の器に見合わない遥かに大きな力。
俺では扱い切れない。
しかしこの力には先がある。
僅かに漏れ出てくる砂粒のようなそれでさえ、この様だ。
それ以上なんて求めるべきではない。
それでも——それでもこの餓鬼に、一泡吹かせてやれるんなら、やってやろう。

さあ、いこう。更に奥へ。

体の深い深い場所。黒く暗い場所。自分の中心その深奥。胸の奥へとあるそこに、小さな穴から僅かに漏れ出るこの光。

それを広げる。

砂粒ほどだった光が細い紐のように繋がる。

途端に体が軽くなり、血流が速くなり、肌が粟立ち、脳を衝撃が貫いた。

深く息を吸って、一息に吐き出す。

「アレン！」

片足での高速移動。まるで両足で走っているようにドドドドと連続した音を響かせながら地面を踏み割り走る。

「摑め！」

「グオォォォォォォン！」

竜の片足を跳ね飛ばし急制動を掛けながらアレンの前を横切る。

アレンが反射的に俺の右肩を左手で摑む。

再び高速移動を開始して竜から距離をとる。

助走をつけるように大きく円を描きながら竜への進路を決める。

「構えろ！」

「な、何を?!」


真っ直ぐだ！


走る先には立ち上がる竜が、その口に火を溜めている。

「こうか?!」

竜に切っ先を向けるアレン。

「そのまま！」

「おい、待て?!　火が！」

知るかよ！

大気を掻き分けて地面を踏み割り速度を増していく。

アレンの体が宙を泳ぐ。

もっと、もっとだ！

万力を込めて竜へと向かう。

最高点で飛び上がった。

それを待っていたかのように竜の口から火が漏れる。

だから激痛の走る右手でアレンを投げた。

全力。

その瞬間、アレンの握っていた剣がその何倍もの大きさの青い光の刃を生んだ。

吸い込まれるように――――鱗が剝げている竜の胸元に、それが突き刺さった。

竜のブレスが放たれた。

目まぐるしく回る景色の中で、本日二度目になる肺が焼ける感覚を味わっていると、しばらくしてジューという音と共に視界の炎が消えていった。

「従僕」

……なんだよ。

未だに放水を続ける杖を従僕に向けながら、心配そうな表情のお嬢様が視界の横から出てきた。

近い。

「だいじょうぶ？」

大丈夫に見えるか？

「手と足が、なくなってる。片方ずつ」

マジで？

「ねえ、従僕」

大丈夫ですって。

「お茶会、中止？」

そこかよ。

「ワフッ」

もういいよ。

少し落ち始めた瞼だったが、再び響いた竜の咆哮に開けざるを得なくなった。

……お嬢様、お逃げください。

声が出ない。

さすがにもう無理。ここが限界だ。

僅かに視線を起こして竜の方を見る。

胸元から血を流している竜は、もう長くないように見える。口の端からも血が溢れている。

突き刺さった剣を抜いたのか、白く光る剣を手にアレンがそれに対峙している。

しかし次の瞬間。

竜は白髪小僧を口に咥えると、空高くに飛び上がっていってしまった。

その姿が豆粒のようになっていく。

「……いっちゃった」

……俺のことかな？

お嬢様が呟くと同時に、残っていた意識を手放した。

支配者

「ハア、ハア」

息を荒く吐きながら大木を背にズルズルと腰を降ろす。

おかしい。

既に『支配』している者はいなくなった。全員だ。もう駒は残っていない。

だというのに、肌の黒さが引いていかない。

この技能《スキル》『支配《ドミネート》』にはなんの代償もない筈だ。肌の色が変化するのも、残りのリソースを表しているだけの筈。

体調も良くない。

折れた左腕はともかく、他は強い衝撃を受けただけで軽い打ち身のようなものだ。

――なのにこのダルさはなんなのか?

……とにかく、休息が必要だ。

安全な場所で。

目の前には、瞳を濁らせ絶命した竜が倒れている。

貴重な駒を二つも失ってしまった。

森に置いておいたエンペラー・グリズリーに空を泳がせていたドラゴン・ジェミニ。

まさか両方とも失うことになるとは……。

資金源としていたスウェッツェンド商会もなくしてしまった。

これは大失態だ。

早期の回復を求められる。

だから待っている。

落ちたのは森の中だ。近くに村も町もない。

しかし魔物はいるだろう。

その魔物を支配下に置いて、休息しよう。冒険者でも構わない。その時は操って街まで運んで貰おう。

この際だ、贅沢は言うまい。

誰でも、何でもいい。

早くこい！

すると早々に願いが叶ったのか、奥の茂みが揺れる。

現れたのは——黒いローブを着た背の低い女の子。

あの学園の制服だ。僕はついてる。

金髪というよりは黄色に近い髪を首の後ろ辺りで纏めて、その赤い瞳に僕を映している。

これでまだ、あの学園に牙を残せる可能性が出てきた。

とりあえず早く『支配』をしなければ……、何故だか……意識を保つのにも苦労……し出した。

――『支配』
瞳を合わせてスキルを発動する。
これでこの娘は僕の操り人形――！

「何をやっているの？」


…………え？

ニヤニヤと笑う女の子には、どう見てもスキルに掛かった様子がなかった。

バカな?!

驚愕する僕を気にすることなく、無警戒に女の子が近づいてくる。

「スキル『支配《ドミネート》』。瞳を合わせるだけで対象を完全に操作できるという神話の時代の技能。その代償は――己自身。ただし裏技というか代替できる代償で、魔石もしくは――操作した人間を捧げれば回避できる。知らなかったでしょ？　だってあたしがそういう風に操作したから」

……何を…………言って……？

「スキル『委譲』。己の技能を任意で接触した対象に移すことができるという神話の時代の技能。こっちに代償はないよ。しいて言うなら自分の能力が下がるってことぐらい？　これを使っていた神の使いとやらは、めちゃくちゃ有能だったんだろうね。だって自分の能力を他人に渡すなんて、余分に力を持っていないと普通はできないよ。デメリットのある能力でも――ない限り」

女の子がしゃがみこんで、僕と同じ目の高さに、視線を合わせてくる。

その瞳が、僕のスキル発動時のように赤く輝いている。

「よーく、思い出してみて。無理だけど。よーく、考えてみて。無駄だけど。あなたっていくつ？　生まれは？　組織に入る前はどうしてたの？　どうやって組織に入ったの？　親の顔は？　いつからスキルを使えるようになったの？　ぜんぶ、ぜーんぶ。わからないでしょ？　疑問に思わないでしょ？　――今も」

……だから……なんだ……？

早く……こいつを操作………しなければ。

クスクスという笑い声が聞こえる。

「大丈夫。あなたは役に立ったよ――その死後も。あたしの蛇がお腹を空かしていたの。ちょうど良かったね。竜も素材になるし。まさか学園にまで入ってこれるなんてねー。こんなに頑張ってくれるなんて思わなかったから、何かご褒美を上げようかな？　あ、そうだ！　最後に、あなたの本当の名前を返してあげるっていうのはどうかなぁ？」

何度スキルを発動しようと、この女はお喋りを止めない。

ズルズルという音が聞こえてきた。

何かを引き摺るような、いや這いずっているような、音が。

終わりの足音が。

地面じゃない、音は上から――

「じゃあね、アレックス」

死が降ってきた。

エピローグ

何をしてるんだろう……。


二度目となる教会のベッドのようだ。

一月と空けずに戻ってくることになるとは思わなかった。

少し前から目は覚めている。

前はお嬢様が丸まっていた場所に、今度は白い毛並みの角のある犬が丸くなって眠っている。

こいつ魔物なんですけど教会さん？

いや、それよりも。


枕元にはお嬢様が――刃物を持って立っている。

薄く開いた目には、不思議そうな表情で首を傾けているお嬢様。

素振りのような動作も見られる。

従僕にはわからない。

いや本当に。

何をしてるんだろう？

ある程度の素振りで納得したのか、コクコクと頷くお嬢様。その手を従僕の視界の外に伸ばす。従僕の視界へと戻ってきたお嬢様は、今度は両手に刃物と果物を持っていた。

「お嬢様」

「あら従僕？　起きたのね」

「はい、おはようございます」

「おはよー」

「おや？　お嬢様、果物をご所望ですか？　私めにお任せ頂ければ……」

「いいわ、大丈夫。自分でできるもの。かんびょーしてるの、従僕は寝てるの」

いや起きてるし。

ザクッと思い切りよく刃物が黄色い果物の中程まで到達する。

何をしてるんだろう？

皮剝き、じゃないな。皮無視してるし。なんだろうな。不安だな。

ザクッ！　ザクッ！　としばらくお嬢様の包丁さばきを堪能した。

「はい！　どうぞ」

皿に盛られた奇妙な元果実をしげしげと眺め、やんわりと自然に笑顔でアルヴの前に置いてから話題を変えた。

「それよりお嬢様」

「食べて」

「それよりお嬢様」

「今度のお茶会に出そうと思うの」

どれだけの犠牲がお望みなんだ！

野生をどこかに置いてきた狼の口を無理やりこじ開けて一つ果実を放ってみた。

アルヴは俺に口をこじ開けられたというのに眠ったままだ。しかし口に入ってきた果実をモゴモゴと食べ――泡を吹いて動かなくなった。

ほらな？

教会で良かった。供養してやるからな。

それにしてもおかしい……。目の前で調理風景を眺めていたが、包丁以外は使ってなかった筈なのに……。

「それよりお嬢様」

「なにかしら、ジーク？」

おっと。少し不機嫌のようだ。

しかし訊いておかなければならない。

「お嬢様、お怪我はありませんでしたか？」

「大丈夫よ。練習したもの」

そっちじゃねえよ。

「練習、したの」

頬を膨らませるお嬢様に気づかれないように短く溜め息を吐き出す。

「ではなく、あの後です。竜やら変態小僧やらがいた火事場で、です」

「うんとね、ちょっと火傷したぐらいよ？　大丈夫」

ああ、来世ではワガママ言わないご令嬢の奴隷でありますように。

火傷か……。

鞭打ちの後に首刎《くびは》ねかな？

さめざめと涙を流す従僕の肩を、お嬢様が宥めるようにポンポンと叩く。

「もう治ったのに。ほんと、従僕は心配性ね」

己の命は誰だって心配でしょう。

「大丈夫、なんの問題もないわ。あとのことはアレに任せてきたから」

あれ？

……もしかして。

「アレン？」

「そう」

なら問題ないかな。

「それより従僕」

「あああああ?!　起きてるじゃない！　起きてるわ！」

お嬢様の話を遮って、ツインテールをハネ上げながら部屋に入ってきたのはペトラルカだ。

指差すのは止めてほしい。

お嬢様の隣に気安く座るペトラルカ。お嬢様もそれに異を唱えない。

「あんた一週間以上寝てたのよ？　覚えてる？　いやー、なんか色々と頑張ってくれたんだってね？　ありがとね。それよりシェリーよ、シェリー！　この子、公爵家のご令嬢なんだって！　だって！　知ってた？　隠すのは良くないと思います！」

それより？

「黙ってただけよ？」

それを隠すって言います。

「そうなの？　なら仕方ないわね！　許すわ！」

「ありがとう」

従僕が一週間と寝ていた間に、ずいぶんと仲良くなったようだ。

いや、いいのかよ。お前の隣に座っているのは国に三人しかいない公爵様のご令嬢なんだけど？

……はあ。本当にお嬢様は平民の娘と仲良くなるのがお好きで……。

しかし楽しそうにお喋りするお嬢様を見ていたら、そんなことはどうでもいいかと思えた。

なるようにしかならないよな。

「あ、そうだわペトラ。ちょうど従僕に伝えてたところなの」

「ああ、そうなの？　ありがとう」

なんのこと？

従僕の疑問にお嬢様が答える。

「ペトラが従僕にお礼したいって言ってたの。聞いてあげて」

ああ、さっき言い掛けてたのはそれか。

ペトラルカは、何故か立ち上がり近寄ってくる。

「うん。今回はほんとに助かったわ、ありがとう。それでお礼なんだけど、公爵家ご令嬢の近衛に贈れるものってないのよね？　だって、きっと美味しい物もたくさん食べてるだろうし、給金もたくさん貰ってるだろうし」

なにそれ初耳。

「それで色々考えて父さんに訊いてみたのね？　そしたら――」

そこでペトラルカに袖を引かれて体を引き寄せられ――頬に口づけを貰った。

驚いてペトラルカを見返すと、うんうんと力強く頷いていた。

「父さんは『初めて』をあげればいいって言うのよ。だからあげることにしたの。初キッスってやつなのよ。『ファースト』ってやつね。男の人は乙女からの『初めて』を絶対喜ぶって言うのよ。どうどう？　嬉しかった？」

それ多分違う。

しかし仮にもお嬢様のご友人だ。

下手な忠告は止めておこう。

「ジーク？」


底冷えするような声だ。

聞いたことある声だ。

いつもピンチの時にしか聞こえてこない。

乗り出してきたペトラルカの後ろで、お嬢様が笑顔だ。

『笑顔』と調べたら、きっとこう出てくると言わんばかりの笑顔だ。

その美貌と相まって型にハメて作ったような笑顔だ。

つまり人外だ。

「友人を助けてくれたあなたに、わたしもお礼がしたいわ」

鞭かな。

「いえお嬢様。当然のことをしたまでです」

だからいいよ。

「従順な僕には、ちゃんとご褒美をあげなくちゃ」

「過分な栄誉にございます」

ほんといいよ。

いつの間にか、お嬢様の手には包丁が握られている。

ご褒美かぁ。

よく切れそうだ。

いや切れる。

見てたもの。

「ねえ従僕？」

「はいお嬢様」

ああ、勘弁してくれ……。


ここから先は、語られないお話――――

番外編「ある女奴隷の話」

とうとう奴隷商人に売られてしまった。ガーン。

村の運営に不備はなく、冬は厳しいけど家族総出で頑張ればなんとか暮らせないこともないという経済状況だったあたしン家。兄弟もたくさんいたが、その分食べる量もたくさん。蓄えをする余裕はなかった。

そこに双子の出産と、産後の肥立ちが悪かった母を加えて借金が出来てしまった。

なんかいやーな予感はしたんだけど、それでも母の分まで頑張ろうと働き、隣の奥さんに双子の乳を分けて貰いと頑張った。なんせ女ではあたしが一番上だったし。乳は出ないわよ。無理言わないでよ。

しかし申し訳なさそうな表情の父と兄を見て、来るべき時が来てしまったのだと嘆いた。腕の中の双子はあどけなく笑っていた。あー、あんたたちはいーわよねー。べろべろべろべろ。かわいいなぁ。くそー……。

借金を綺麗に返して少し蓄えができるぐらいの値段であたしは売れた。凄い大金だ。ふふん、やっぱりねー。あたしって可愛いもんね。……あーあ。きっと色々と無茶されちゃうんだろうなー。最初ぐらいはロマンチックなのが良かったなぁ。収穫のお祭りで暗がりに消えていく男女がいるのは知ってる。ていうか父と母がそうだった。星がよく見える丘の方へと行くのだ。流れ星が流れちゃったりしてさ。そこで誓っちゃったりなんかキャアアアー！　それ最高!!

「お前は労役奴隷だ」

どういうこと。

瞳をウルウルさせながらあたしのご主人様になる人の事を訊いたら、公爵様だというじゃないですか。これはワンチャン見初められちゃうとか思っていたら、奴隷商の男があたしの一部分を見ながら鼻で笑ってそう言った。胸か？　ああ？　そこがそんなに大事か？

それがあたしの奴隷紋が初めて光る事になった原因だった。

「解放されたら覚えてろよ」

馬に鞭を打って逃げるように帰っていく奴隷商の男を、中指を立てて見送った。奴隷の纏め役だという体のガッシリした男の人が呆れたように見ていたなあ。

しかし労役奴隷なんてほぼ死にに行くようなものだ。そもそも奴隷の生還率って高くない。だってご主人様の気分次第の命なのだ。どぉおおおおしろってのよ！

まだ性奴隷の方が生きて帰れる可能性があったわよ。労役って、鉱山で一日中あな掘りとかでしょ？　それを十年とかやれば解放っていうあれでしょ？

ふざけんじゃないわよ……一年で死んじゃうわよ。

……あー、それで父も兄も出ていく時に目を合わせてくれなかったのね。弟妹を押さえるのが大変なんだと思ってたんだけど。じゃあ、あたしがきっと帰ってくるって言った時も信じてなかったの？　はは。絶対に帰ってぶん殴ってやるわ。


……はあ。

早速きた。鉱石の山を運べとさ。箱詰めして馬車に積むだけ？　無理言わないでよ！　空の木箱でも結構重いのに鉱石を詰めて運べ？　つぶれちゃうわよ！

虚ろになった視線がひょこひょこと動く木箱を捉えた。…………ん？　なんか木箱が勝手に動いてるんですけど?!　すげえ！

流石公爵家。魔法だろうか？　なんだ早く言ってよぉ。人力で運ぶのかと思ったじゃない。

「ククレさん、これは？」

「あっちの馬車に三、残りはそっちの馬車ね」

「はーい」

ちがう。なんかちっこいのがいる。

鉱石をぎっしりと詰めた木箱を二段にして二つずつ片手に持ち上げて運んでいる。その動きはまるで重さを感じさせないものだ。もしかしてドワーフというやつだろうか。やば、初めて見るんだけど?!

木箱を下ろして振り向いたそいつは、顔を煤で黒く汚した子供に見えた。

黒髪で黒い目で、黒い子供に見える。

…………。

いや、子供だよ?!

トトトトと小走りで素早く近付いてきた子供が、こちらを向く。なんか面倒くさそうな視線だ。

な、な、な、なによ?

「…………あの、働いてくれませんか?」

…………。

ていっ。

「いったあああああい?!」

ガツンと小突いたら、手が真っ赤になってしまった。ビリビリと痺れる手を逆の手で押さえる。

かっっっっったっ?! なんでできてんのよこの子!

「また、おかしな奴が……」

涙目で痛みに耐えるあたしを、その黒い子供は呆れた目で見ていた。

くっそー。絶対泣かしちゃるからな!

それがチビとの出会いだった。

チビ、坊主、坊、ガキ、子供、ワラシ、あいつ、それ、ちっこいの、ぼん。

彩り豊かな呼び方で呼ばれる黒髪黒目の子供。ちなみにあたしはチビって呼んでる。うちのチビどもと同じぐらいの背丈だし。実際年齢も一緒だという。ほんとかよ。

チビはともかく、あたしの奴隷生活は凄惨を極めた。

朝夕の食事はキチンと施され、昼間は休憩が約束され、寝床も男女がしっかりと分けられ、仕事で倒れたら食堂の長椅子に横たえられ、重い日はなるべく負担のない仕事が振られ……。


どういうこと？


あれ、奴隷ってもっとあれがそれな感じになるんじゃないの？

なによこれ。下手したら実家より楽じゃない。お給料も貰えるし。公爵様って雲の上の人だからどうこう考えたことなかったけど、凄いんだ。ちゃんとあたしみたいな下々の事も考えてくれてるのね！　ちぃ。ほんと性奴隷でワンチャンあったな。あたしの美貌なら可能性は高かったろう。

まあ、労役にされたんならしょうがない。ここで頑張っていくしかないもんね。頑張ろう。


労役といってもそんなに大変なもんじゃない。

まず朝日が昇る前に起きて奴隷の朝食を作る。これは大抵が女奴隷の仕事だ。夜の見回りや不寝番なんかは戦闘奴隷とか男奴隷が持ち回りでやってる。適材適所ってやつね。なんか奴隷頭が言ってた。意味はわかんね。

朝の食事も夜の食事も戦場のようだ。

ここで食べられないと食事は抜きになるので、それも仕方ないっちゃ仕方ないけどね。仕事優先。あたし達奴隷だもんね。

辛いのは歳くってる爺どもなんだけど……それがここでは大丈夫なようで。空中をフワフワ浮いてるように食堂に入ってくる。中にはまだ目を開けてないのもいる。

チビが担いで運んでいるのだ。

終われば次は洗濯。洗濯そのものよりも、井戸で水を汲むことの方が重労働………なんだけど。

その水もチビが汲み上げるのだ。

その速さはほんとに水が入ってんのって疑うぐらい。なのにそこで使う水だけじゃなく、食堂やお屋敷の水瓶も纏めて入れ換えるっていうんだから、ちょっと信じられない。

なんか別の生き物なんじゃないだろうか。


「………いはひんはけろ？」

だから捕まえて頬っぺたを引っ張ってみた。うそ。あたしより柔らかいんだけど。生意気な。

更に捻りまで入れたのは乙女のプライドを守るためだ。

その後で繕い物をする。ここでもチビがついてくる。そしてまたしても信じられない速さで布を縫っていく。そんなんしたら手に穴が空いちゃうわよ！　横で縫ってるとプレッシャーを感じたので、チビの手を針でつついてやった。

刺さらない。

「………あの、なにしてんの？」

「黙ってて！　集中してんだから！」

こうなったら刺さるまでと両手で押し込んでいたらチビが嫌そうに声を掛けてきた。あ、ほらー。力が変な方に入って針曲がっちゃったじゃん。あ、ククレさん。チビが邪魔するんです。

何故かあたしが怒られた。げせぬ。


そんな生活を八年も続けた。

いや、八年って。労役で八年って。


ちょうど刑期が二十年だったタタルクさんと同じ年の解放になった。タタルクさんというのは古顔の戦闘奴隷で、ハーフドワーフだそうだ。その巨体からはどちらかと言えばハーフジャイアントなんじゃないのとは皆が思っていることだけど、恐いから言えない。なんせ依頼主を殺して刑期をくらってるんだから。

でも良い人なのよね、タタルクさん。

今年で五十八らしいんだけど、あまり老けた感じはしない。ずっと髭モジャのハーフドワーフだ。ただ力加減が微妙。背中を軽く叩かれただけで、ぶっ飛ばされ、転がり、気を失ったこともある。もしかして依頼主をウッカリ殺して受刑したとかじゃないよね？　ありそうで困るんだけど。

そしてあたしも今年で二十二。行き遅れと呼ばれる年齢に入ってきた。

焦る。

ククレさんとかも結構いい歳の筈なんだけど、若い雰囲気のまんまだ。魔族なんじゃないの？

サドメさんとくっついてるので余裕がある。振られろ。

顔で選ぶんなら断然チビなのよねー。あいつよく見ると美形。しかももうチビとは呼べないほどデカくなったし。十を超えた辺りから背が並ばれたのよねー。でもモーションかけても全然靡《なび》いてこないし。

あげくの果てには「腹でも痛いのか？」とか言うから。そら包丁持って追い回されても仕方のないことなのよ。その時は奴隷頭とタタルクさんに鞭打ちを倍にしてって嘆願したのもいい思い出よ。

……八年、八年かぁー。

生き残っちゃったわよ。どうすんのよ。

流石に八年も経てば親と兄に対する苛立ちも無くなる。全殺しから半分にまけてやろうって気にはなってる。

……多分。恐らく。

親の顔を一目見て、凹ませて、村に残るべきか働き口を見つけるべきかというところなのだ。

――しかしその後はどうしよう。

この八年間の俸給とご主人様の心付けで、支度金には困らないけど。

日々を生き残ることに精一杯で、先のことなんか考えてないわよ。

……まあなんとかなるわ！　なにせあたしにはこの衰えぬ美貌があるんだし！

少ない自分の持ち物を袋に入れて部屋を後にする。一緒に解放されるタタルクさんが外で待っていた。あたし達は解放されるけど、他の奴隷には仕事がある、いつもの一日だ。

なので見送りは奴隷頭だけ。

馴染んだ食堂を通って外に出る。急に明るいところに出たせいか目がくらむ。まだまだ寒い冬の日だけど、お日様が暖かく送り出してくれるような青空だ。

なんとなく空を見上げていると、横から声が掛かった。

「いくか」

ハーフジャイアントさんだ。

「はい」

タタルクさんと鉱石の詰所まで一緒に歩く。ここに初めて来た道のりを逆に辿って。

この向こうにある井戸から、よくチビが水瓶を運んでいた。

追いかけ回した時、この林に逃げ込まれた。

山のような藁束を誤って倒してしまい、やけくそ気味に飛び込んだこともあった。

意外と気持ちよくて――

――……。

「オメー、これからどうすんだ？」

「……えっ？　あたしですか？　……村に、帰りますよ」

そう帰る。

やっとだ。

「そうか。………途中まで一緒に行ってやろうか？」

「いいんですか?!　うわ、嬉しい！　ありがとうございます！　もしかしてあたしのこと狙ってます？」

「やっぱ一人で帰れ」

「うそうそ！　うそですよ！」

やいのやいのと言い合いながらも、タタルクさんは村まで送ってくれるそうだ。やっぱり良い人だ。いやハーフドワーフさえ魅了するあたしの美貌のおかげかな？　ああ自分の魅力が恐い。

ふざけながら、馬車が来る予定の場所――このお屋敷に降り立った場所まで歩いた。

そこにはいつぞやのように鉱石の山が。

その山に腰掛けていた奴隷頭が、こちらに気付いて立ち上がる。

それにタタルクさんが歩み寄る。

「よう。長い間ご苦労さん、もう戻ってくんなよ」

「おう。テメーも、なんだ………達者でな」

ガッシリと握手を交わす両者。そこには不思議と寂しさが感じられた。

奴隷頭がこちらを向く。

「ラキ、お前も、もう売られてくんなよ」

「もう頼まれても来……………」

ニヤリと笑う奴隷頭。差し出された手を掴もうとして、言葉に詰まる。


綺麗な小川に池がある。林には動物なんていない。鉱石が運びこまれきて選別する。お昼の食堂では皆が寝てて。芋がギッシリ詰まった樽。ひょこひょこと動く黒髪に。新年はお酒で乾杯した。収穫の手伝い。針が曲がったり洗い物が破けたり。全部が庭だと聞かされて。馬車道の雪かき。女奴隷部屋での語らい。チビに女心を説いて。鞭打ちに意識が飛んで。スープにお肉が入ってると嬉しくて。いつもキツい仕事は代わってくれた。お互いの顔が煤だらけになって笑って――


楽しかった。

嬉しかった。

感情が追い付かない。

気付けばボロボロと涙を溢《こぼ》していた。

掴もうとした手で、そのまま顔を押さえつける。それでも涙が止まることはなく。

ただ。


「ック、スン、ウェ、ぁぁぁぁぁぁああああああああ！」

なんで自分が泣いているのかもわからなかった。

タタルクさんと奴隷頭が困ったように笑っている。

そこに、いつかのように鉱石を詰めた木箱を持ったチビが通り掛かった。

初めて見た時と変わらない、面倒くさそうな表情で、しかし出会った時と違う、大人の顔で。

溜め息混じりに木箱を置いて、近寄ってくる。

……なんだろう。なんと言うのだろう。

なんて言ってくれるんだろうか。


これが最後かもしれない一言。

別れの一言。


「腹でも痛いのか？」

「…………こ、いつぅ！」

そのまま胸にすがり付いてボスボスと腹を殴ってやった。ほんとにこいつはダメだ。全然ダメだ。

全くダメだ。これっぽっちもダメだ。

……まあでも、避けなかったから、許してやるか。
これからのあたしの人生への激励にしては、ややロマンチックさに欠けるけれども。
お嬢様は大変だなぁ。
ある冬の晴れた日、あたしは奴隷から解放された。

あとがき

ふと夜中に目が覚めて体中が重くて動かないことに気付き、これが有名な金縛りというやつなのか起き上がれない……?!　なんて考えていたら呼吸まで苦しくなってきたので、ここぞとばかりに雄叫びを上げて全力を振り絞り悪霊退散した、どうも、作者です。

ええ。原因は悪霊でしょう。

間違いない。

なんせわたしが横になると布団がミシミシ鳴るし、まるで誰かが乗っているかのように体が重いし、とにかくお腹が空くし、なんてやつなんだ悪霊っ！

しかしわたしの特殊能力で万事解決。

まさかわたしに悪霊祓いの力が備わっていたとは……いや、驚きです。

たった一回、腹筋を使って体を起こすのにあんなにエネルギーを必要とするとは……悪霊、侮れない。

あ、いや。能力でした能力。腹筋なんて存在しませんでした。

この能力のことはナイショでお願いします。

世界の均衡を保つために。

うへへ。

おっと、もうこんな文字量か。

今回はここまで。それでは、また。


担当編集さんがイラッとしたそうなので後書きを続けます。

さて。

この作品なんですが『小説家になろう』さんの方で連載している作品を書籍にしたものです。

「一巻で言うべきなのでは？」「知ってる」「どうでもいい」「愛しています」と作者に言いたいことは数あると思います。

しかしここでは『何故二巻でわざわざ発表しているのか？』をお答えしておきます。


忘れてました。


なのでここで発表しておこうかな、ってね？

ごめんなさい。

まあ、これが後書きになるかどうかは分かりません。

ぶっちゃけ編集さんの作者への信頼度次第です。

皆様に『届いてないといいなあー』と思いながら続けます。

うん。きっと大丈夫。

書き直しくらってるのに笑顔の作者が、そこにはいるはず。

うん。では。

ものぐさな作者が真面目にやってれば『小説家になろう』さんの方では『Ｗｅｂ版』の表記がついていると思います。

少し遅れるぐらいは、暖かい読者様方も編集様も許してくださるでしょう。

よろしかったらＷｅｂ版もお楽しみください。

それで二巻の内容なのですが……。


なんか怒られそうなのでここでは語らないことにします。


ネタバレを嫌う人もいるでしょう。

つい「おいぃぃぃぃぃぃぃ?!」と言っちゃう人もいるでしょう。

いや、ウェブ見てるし。と思っている方もいるでしょう。

なので。

決して『めんどくさいな……』とか思っているわけではなく。

ええ。後書きからのネタバレを防ぐために。

まだの方は本編の方もお試しください。

今回もクスリと笑って貰えればな、と思って書きました。

実は頭の中はそれでいっぱい。

体の中は糖でいっぱい。


それでは！

ネタにしてすいません担当編集さん、またまた素敵なイラストを描いてくれたイラストレーターのLa-naさん、ウェブからずっと応援してたよって言ってくれる方、製本に携わってくれた方々、ついでにしつこく二巻を待ってくれた友人G。

そして最後までお付き合いくださった読者の皆様に感謝の言葉を。


ありがとうございます。

チョチョチョチョッットー!!
web版と
全然違うじゃないですか!!(笑)

しかしながら、とっっっても
面白かったですー!!
可愛いキャラをたくさん
描けて大満足でした!!

今回は挿絵の背景をアシスタントさんに
手伝っていただきました。ありがとうございました!!

Special Thanks 直江春巻

二巻発売おめでとうございます！

漫画版を担当させて
いただいています
「犬丸」と申します。

群像劇が好きなので
キャラクター達のやり取り等
楽しく描かせていただいて
おります。

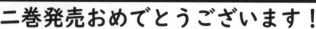

EARTH STAR NOVEL

私の従僕　2

発行 ―――― 2020年7月15日　初版第1刷発行

著者 ―――― トール

イラストレーター ―――― La-na

装丁デザイン ―――― 柊椋（I.S.W DESIGNING）

発行者 ―――― 幕内和博

編集 ―――― 齋藤芙嵯乃

発行所 ―――― 株式会社 アース・スター エンターテイメント
〒141-0021　東京都品川区上大崎 3-1-1
目黒セントラルスクエア　8F
TEL：03-5795-2871
FAX：03-5795-2872
https://www.es-novel.jp/

印刷・製本 ―――― 図書印刷株式会社

ISBN 978-4-8030-1425-9